覺醒
世紀

Nirvana
Season
1

蜜涅瓦的貓頭鷹

金鈴 著

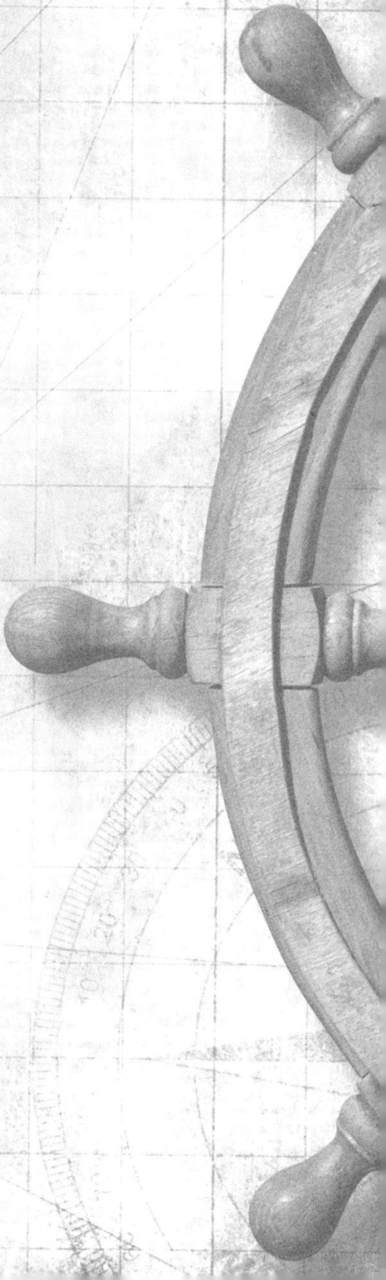

下輩子如果我還記得你

自序

對於寫小說，我一直寫「與眾不同」的主題。

從金鈴旅行事件簿到奇妙旅情系列，從流星上的奇妙邂逅，到冰島女孩，到夢裏奇緣。作為旅遊文學作家，對於世界，我有一種奇異想法。上古神話看似荒誕，但偏偏吸引着人們千年傳頌；記述的情節明明過份離奇，卻彷彿曾經真實存在，令人深信不疑。為甚麼呢？或許整個謎團帶出最重要的課題是，對一件事物的感知和那件事物的實在之間，到底如何分野？

「存在」的意思是甚麼？武俠世界從未真實存在，我們沒有見過、聽過、嗅到或者通過任何感官系統感知過它，也從沒有在裏面生活過和經歷過，但我們「知道」它的存在，因為聽過有關它的故事，讀過《射雕英雄傳》。武俠世界，卻如此實在，存活於我們記憶、感知和思想裏。

神話就如任何其他的記憶，存在於我們思想當中，沒有通過刺激人類感官系統而產生，卻感覺它曾經發生。一個物件本質，本是由人類所賦予的性質來區分。極有可能，紅色非真是紅色，甜食並非真是甜的，聲音也沒有高低五音之別；在我們的視覺嗅覺聽覺所建構真實的狀態之外，還有另一種境界。

這是甚麼樣的境界？當我仔細研究，忽然發現神話的奧妙，並不在異，而是在同。希臘羅馬印度中國，相隔萬里，花草鳥獸相似，人性刻劃雷同。而且，我發現中國神話，近代較少傳頌，但卻是包羅萬象，地理天文皆有，讀起來如同看旅遊指南，是一本奇書。正因如此，我筆下的「覺醒世紀」，繁花異草珍禽百獸，看似多麼神奇，卻都是鑑書為憑，文字作證。

如此一本奇書，叫《山海經》；如此一個世界，有西東北南中，金木水火土，五個國家，一片天地。當中的故事，不但有戀愛親情仇怨恩澤，還有經歷千年未泯的人情冷暖。打開這一頁，你將會進入一個潛藏我們內心的真實世界，四季人間。

金鈴

目錄

背景世界

故事主要發生在一個虛幻的大陸上的五大王國：中土的壁土國，南方有燈火國，北方有溪水國，東方有柳木國，西方有箔金國。國界之外，是魔窟，沒有人知道這個地域的大小，更沒有人能穿越通行。五國被魔窟分隔，所以素不往來。

幾千年以來，魔族從未大規模侵犯神族領土，只會作惡人間。

大陸的原住民有神族、魔族和人類，與大自然和諧共處。最早的人類先民能鑄青銅器和騎術，各國皇城之內，是天神和山神住的地方，皇城外圍，是人類和猛獸共存。

甘棗山
壁土國
玉城池
魔窟
迷林
忘憂叢林
燈火國

人物介紹

① **蜜涅瓦**

族群：人類

特別技能：說鳥語

蜜涅瓦是神所選擇的僕人，在七歲之年，被送到甘棗山，受以七種樹脂油祝福，命名蜜涅瓦。她侍奉的，叫蓋亞女神。

② **火火**

族群：未知

特別技能：說鳥語

火火四歲喪母，被蓋亞女神收養，是甘棗山裏最年輕，也最出色的神農，和其他人一樣，他喜歡找一些新奇的植物，也會種植百花。

③

蓋亞

族群：神族

特別技能：補天煉石

蓋亞為了補天，煉了三萬六千五百零一塊石頭，用了三萬六千五百塊，剩下了一塊未用，如今仍然在冶煉，是最重要的神石。

④

少典

族群：神族

特別技能：廣泛

少典是壁土國的國君，與生俱來，就是高人一等，世襲財富和神力，掌握人世間的命脈。他的皇后因附寶的出現，而帶着幼子離宮。現在玉城堡裏只有附寶皇妃和一位太子。

⑤ **附寶**

族群：人類

特別技能：呼喚雷電

玉城堡裏唯一的女主人，少典的皇妃，一直想盡方法，令自己的皇子，成為皇位繼承人。包括鞏固自己在玉城池的力量，悄悄籠絡其他大臣。

⑥ **太子**

族群：神族

特別技能：未有

太子是壁土國的繼承人，在他的分類中，沒有朋友。當他找到自己熱愛的人事物時，一定全身投入，不給自己退讓的餘地。愛這麼強烈，由愛轉恨轉冷酷的能量，也非常強烈。有寧可負天下人，也不願天下人負我的特質。

⑦
大祭司

族群：魔族

特別技能：廣泛

魔族的首領，在魔窟一帶出沒，能將許多可憐人類或野獸的靈魂勾出，還將他們束縛在一種屍體的傀儡上，再操縱成為亡靈大軍，守護魔窟。

⑧
奇龍

族群：獸族

特別技能：廣泛

馬腹族群首領，最著名的一位英雄，擅長醫藥、音樂、卜筮、狩獵和各種各樣的知識。在他手中教導出來過的高徒，不計其數。不僅如此，奇龍還在神族的祝福下，擁有永生不死的力量。而

且，他能將自己的長生不死能力轉讓給別人。

⑨ **雷武**

族群：獸族

特別技能：征戰

馬腹族群中最出色的戰士，擁有高超戰技，性格衝動莽撞，但臣服於奇龍。

⑩ **佛諾**

族群：獸族

特別技能：讀心術

溫文儒雅的馬腹，喜歡研究大自然的各種事物，擁有出色戰技。

第一章

蜜涅瓦

蜜涅瓦向來不喜歡這座甘棗山。

她出身南國的顯赫家族，自小在紅樹林珊瑚堡長大。紅樹林溪澗曲折蜿蜒，流向大海，日出日落，把天邊染成金色。而這個甘棗山，有茂密的杻樹、壯實的櫔木，這種樹木的莖幹是方形的而葉子是圓形的，開黃花，而花瓣上有絨毛，果實像楝樹結的果實，人服用它可以增強記憶而不忘事。雖然有鳥兒在棲隱的林間巢穴裏高唱，空氣中亦瀰漫百花香；但，萬年古木，與這王國同樣蒼老，散發出沉鬱的氣味。粗壯的黑樹幹相互競生；扭曲的樹枝織成一片參天樹頂，掩敝藍天；錯節盤根則在地上彼此角力，扭曲變形。

蜜涅瓦是神所選擇的僕人，她出生的時候七色彩虹從北方而降，全身發出一種異香，樹林裏的蝴蝶都來縈繞。於是，在七歲之年，她被送到甘棗山，受以七種樹脂油祝福，命名蜜涅瓦。她侍奉的，叫蓋亞女神。蓋亞安置她在神殿外一座小房舍，從此，蜜涅瓦要忘記曾經信奉的那些既無名號亦無容貌的南方山神，那些屬於紅樹林，屬於南國先民共同信仰的神。

蓋亞和那些山神不同，她到了人間，見大地一片青葱蓊鬱，樹下有彎彎的小溪流經，一抬頭，天上浮雲正低頭打着盹。在一片鳥語花香中，她覺得似乎少了甚麼。於是，她隨手抓了一把黃土，仿照自己的形象揑了個小泥人；吹了口氣，小泥人就睜開了眼，舉舉手，又抬抬腳，蓋亞叫他「人」。接着，許多小泥人從她的手中滑下，蹦蹦跳跳，美麗的大地上就有了許多「人」。從此，「人」便生活在神造的世界裏，生活幸福安寧。

「蜜涅瓦！」蓋亞從外面叫她。她馬上掀開薄被，知道是時候起床了。她蓋一件披風，推開木門，看見月色漸濃。每天日照半空，她會休息。到日落之後，她才起床。頭頂傳出拍拍巨響，銀雪一般的貓頭鷹在半空盤旋了兩圈，平穩降落在她的左肩。她是蜜涅瓦的貓頭鷹，和她一樣，在夜間活動。蜜涅瓦習慣了暗夜裏的大自然，了解暗夜中不只黑暗，周遭一草一物，在瞳孔逐漸適應後，一一浮現；寂靜並非死寂，野草擺動的沙沙韻律、蟲鳴唧唧的此起彼落，當然還有「咕、咕」叫着的貓頭鷹。

深夜行走，蜜涅瓦唯一最不喜歡的，是甘棗山上有很多臉譜樹。臉譜樹的樹皮灰白如骨，葉片圓大，一莖五片，葉色血紅，有如血手掌。樹幹上長了人臉，容貌各異，總是閉目而憂鬱。她剛來到的時候，就曾經問過蓋亞這種樹。但她當時說：「你長大之後，我再告訴你。」現在，她已經十七歲，甚麼時候，才可以知道這答案？

蜜涅瓦走進神殿，見蓋亞在火壇前繼續她的作業。蓋亞微笑的時候，眼角有着深刻的皺紋，而且，深褐色的膚色讓她看起來不太年輕。她應該有一千歲？還是二千歲？蜜涅瓦不知道，只是總覺得，她看起來不像那麼老。

每天晚上，蜜涅瓦負責把森林裏的樹枝採集回來給蓋亞。在火壇的大鍋上煉石，是蓋亞最喜歡做的事，一門已經做了上千年的學問。據她所說，當年水神與火神交戰，水神被打敗，用頭去撞西方的世界支柱，導致天崩塌陷，大水注入人間。蓋亞不忍人類受災，於是煉五色石補好天空。彌補談何容易，她首先要找一種東西叫做五彩石。顧名思義，就是擁有五種顏色的石頭，這是一種特別罕見的石頭。即使找到了，也是小小的一塊。蓋亞憑藉自己的力量，走過了許多地方，終於收集到了很多五彩石頭，然後她燒起一口大鍋，在下面添上柴火，開始熬製五彩石，想要從裏面提煉出五彩神石。五彩晶石質地堅硬，是補天的好材料，然而煉製十分的辛苦。蓋亞徹夜不眠工作，人們知道蓋亞是在幫助自己，紛紛過來幫忙。有幫蓋亞添柴的，有幫蓋亞燒火的，也有幫蓋亞向鍋裏加水的。蓋亞運用自己的神力，一點一點的把天上的缺口補好。

「我為了補天，煉了三萬六千五百零一塊石頭，用了三萬六千五百塊，剩下了一塊未用，如今仍然在冶煉，是最重要的神石。」她一邊看着熊熊大火，一邊重複這個說了三千六百五十遍的往事。蓋亞彎腰撫摸挨着她小腿撒嬌的小野獸，牠形狀像一般野貓，卻長着白尾巴，脖子上有鬃毛，蓋亞叫牠朏朏，說飼養它，就可以忘憂解愁。

「神界和人界都有立心不良的人，為了不想被他們搶奪，我故意散佈流言，說是用自己的身體補上天空最後一塊缺口。誰也不知道，我在甘棗山，自然沒人能打神石主意……」蓋亞每一天都重複說着這些往事；蜜涅瓦一如以往回答：「遵命，我絕不洩露半句。」她侍奉她，如同自己雙親。她已經習慣了用相同語調甚至相同節奏，去回應蓋亞，就如呼吸，就如走路，就如睡覺。生活，是如此單調，沒有驚喜，也沒有悸動。

每天晚上，蜜涅瓦收集完樹枝，送到神殿之後，便會安靜地坐在一角，一邊看蓋亞作法，一邊進餐。蓋亞會變出很多美味的食物：有時是牛奶和麵包，有時是熱湯和肉丸，有時是鮮果和乳酪。吃完飯，便開始學習鳥語。

蓋亞曾經告訴她，自己本來沒想到要教她鳥語，但有一次巡山，發現蜜涅瓦居然可以模仿貓頭鷹的叫聲，呼叫山林中的貓頭鷹。那時候，她才剛剛來到甘棗山不久。她對着暗夜的遠處山林發出「咕、咕」，沒隔多久，前方有了回應，簡短的鳴叫，卻彷佛能乘着冷涼氣流，穿透漆黑，跟她對應。蜜涅瓦再度悄聲並精準地抓到對方的方位，發聲回應。就這樣來回幾趟，回應明顯的逐漸向她接近！貓頭鷹喜歡停在橫向生長的樹枝上，一般來說，並不難找到。蜜涅瓦真真切切地感覺牠的存在，近在咫尺。視覺、聽覺、乃至嗅覺，都被靈敏地啟動，心裏充滿着興奮。

蓋亞把這些都看在眼裏，便決定教她鳥語。她教她要觀察貓頭鷹，先

要學會不要驚動牠，她「要裝得像石頭一樣，一動也不動」，在聲音的回波中，有的貓頭鷹不只會以聲音回應，還會近距離瞪着大大的眼睛出現在人類面前。後來，蓋亞還送她一頭全身銀白色的貓頭鷹。

鳥類的鳴囀，跟鳥的種類一樣繁多，甚至更多。生活在不同地區的同一種鳥類，會有完全不同的鳴囀，正如東南西北的各領地上的人類，各有自己方言。然而，鳥類鳴囀調式，卻是非常固定的。鳴囀除了為繁殖活動起重大作用，亦有用於跟其他鳥類打招呼或閒談，集群召喚，表示自己受傷，或是警報之類。

除了有自己特定的鳴聲外，有些鳥還喜歡學其他鳥的鳴囀，此謂之效鳴。小嘲鶇，是自然界最出色的效鳴專家，甚至有人稱牠為模仿鳥。牠善於把其他鳥的鳴囀加到自己的鳴囀中，達到以假亂真的地步。椋鳥也是效鳴能手，牠們有時還能模仿小嘲鶇。不過，為甚麼這些鳥類喜歡效鳴，使牠們的鳴囀複雜化呢？蜜涅瓦至今仍不能理解。也許，這只是為豐富牠們的鳴囀所能採取的最簡單的方法。

蜜涅瓦有一位同伴，同樣是難以理解。他是一位和她一樣年紀的男生，也是住在神殿外一座小房舍。除了採集野草，他對其他所有事情都不感興趣。蜜涅瓦時常會發噩夢，他知道了，便到山中採一種草，用泥壺燒水煎熬，混和着香花給她服用。這種草形狀像葵菜的葉子，開着紅花，結滿帶莢的果實，果實的莢，就像棕樹的果莢，山裏的人都叫它植楮。蜜涅瓦服食它，就不做噩夢。

他是被蓋亞收養的男孩，沒有人知道他來自甚麼地方。他和蜜涅瓦不同：他是與生俱來便懂得鳥語。有時候，蜜涅瓦不懂得的鳥語，會問他。蜜涅瓦問他一句，他便答一句。

他的世界，彷彿如同甘棗山一般的謎樣。

第二章

火火

甘棗山被稱為神木森林，這裏居住的人，被稱為神農。山中有許多又深又長的峽谷，到處是白堊土，還有黑堊土、青堊土、黃堊土。世界的同源從這座山始發，然後向西流入大河。山下有一種草，有像葵菜一樣的莖幹，杏樹一樣的葉子，開黃色的花朵，而結帶莢的果實，名稱是籜，吃了它可以治癒眼睛昏花。山中還有一種野獸，形狀像鼠，額上有花紋，山裏的人都說，吃了牠的肉，就能治好人脖子上的贅瘤。

火火用心把這一切都刻在隨身的小木板，然後，收好在粗布背包。火火是這裏最年輕，也最出色的神農，和其他人一樣，他喜歡找一些新奇的植物，也會種植百花。甘棗山對面，正是另一座山，叫渠豬山，山上有茂盛的竹林。山頂的水，從這座山向南流，入大運河。而再遠一點，就有玉城池。玉城池在山巒之中，整座城堡由通透碧綠的玉石砌成，在日落染紅的天空下，份外明艷。

一群驚弓之鳥，由遠至近，高聲鳴囀，劃破長空。火火抬頭看向遠方，再三步拼兩步爬上樹頂，看見玉城池有漸漸消退的煙火。他身手靈巧一個翻身回到地面，然後，安靜地坐在神木森林入口。因為，他知道今晚會有很多人來找神農。每當玉城池有煙火，即意味受傷的戰士，將會來神木林覓求醫治。附近的神農都聚集在一起；來接受治療的人，日出之後紛紛出現。戰士共有十多人，有的被咬斷了手，有的被咬斷了腿，有些人肩膀上的皮肉被撕開，露出了森森白骨。他們的傷口，都呈現出一種撕裂狀。一看就知道，是被大型猛獸攻擊留下來的撕裂傷口。

神農們議論紛紛：「看他們吐出來的都是黑血，極有可能是中毒，火火你要多加小心。」火火點頭會意，叫大家將戰士抬至一處空曠的平地上。這些受傷的人，被放置在枯草搭建起來的草堆上，一個個面如死灰，嘴唇發青，全身顫抖。火火一個個檢查，他幾乎可以確定全都是中毒。山

中有一種草，方形的莖幹上開着黃色花朵，圓形的葉子重疊為三層，名稱是焉酸，可以用來解毒。他馬上叫人去採摘，並磨成碎末。

折騰了一夜，神農都回家去。只剩下火火，疲憊地坐在樹下。他呼吸着冷冽又濕潤的空氣，皎潔銀月瀉地，他看見這班熟睡的戰士，想起很多年前的那個夜晚……那年，他只有四歲。他親眼看見曾經滿載和媽媽相依為命的甜美時光的木房子，被熊熊火光吞噬。火屑衝天，他向着通紅的烈焰瘋狂呼喚媽媽，他失控地想衝進去，卻被一位戰士一把抱起。他把火火帶來這個森林，並把他交給神木森林。「他們只是想你倆死去，反正，森林裏有猛獸，你在這裏，未必能存活……」戰士把隨身的小布袋交了給火火：「這裏有肉包，肚子餓就吃吧，今後，看你的造化。」說完便離開。

當時，火火怔怔地看着他的背影，消失於霧氣之中。他轉身看向森林裏漆黑的氤氳，鬼影幢幢，非常可怕。他緊緊抓住布袋，東張西望。

就在這時，他看見一對閃爍的紅眼睛，猙獰地隱藏在樹影之下。他很害怕，馬上向後退了兩步。對方步步進逼，他嚇得把手上的布袋猛地拋向牠，然後蹲在地上顫抖地掩着雙眼。等了一會，只聽到「集集」——「集集」——的咬噬聲音，他半張開眼，但見一頭體型比他五倍的豬狀巨獸，流着口水，正在大口大口嚼肉包。他趁機立即轉身就跑，一頭栽在一個女人懷裏。她不是別人，正是蓋亞。

「只有懂得害怕的人，才會勇敢。」蓋亞看着他，想起自己枉死的孫兒……她一把抱起他，像疾風一般，穿越高樹，穿過層雲，然後，又回到人間。她收留了火火，讓他住在甘棗山的神殿。火火大概因為受驚，所以，在最初兩個月，一直不說話，只是不停重複說「火」、「火」——。因此，蓋亞就為他取名火火。

「你怎麼就這般睡了？」是蜜涅瓦的聲音。火火從夢中驚醒，揉揉眼睛：「快天亮了？」蜜涅瓦把一塊厚厚的粗麻布擲在他身上：「你就是太善良！我聽過，當年是一位戰士救你一命。這麼多年，你為了報答而一定要為每一位來求醫的戰士療傷，令自己廢寢忘餐？」火火垂下眼睛，沒有回答。只有他自己知道，做這些還有另一個意圖，是懷有目的去接近這班戰士。

猛獸在玉城外圍滋事，是多年以來的禍患。玉城之內，是天神和山神住的地方，玉城外圍方圓千里都是壁土國，人類和猛獸共存。至於壁土國之外，是魔窟，沒有人知道這個地域的大小，更沒有人能穿越通行而全身而回。火火因為懂得鳥語，從百鳥身上，知道天外有天。東南西北四方，其實都有不同的城池。南方有燈火國，北方有溪水國，東方有柳木國，西方有箔金國。連同壁土國，五國被魔窟分隔，所以，素不往來。

「今次傷害這班戰士的，是一種叫馬腹的動物，有人一樣的面孔，猛

虎一樣的身體，駿馬一般的四蹄，是會吃人的野獸，以發出如同嬰兒啼哭的聲音，引誘敵人。」蜜涅瓦用纖細指尖，為她的貓頭鷹搔癢。火火的目光，停駐在貓頭鷹圓滾滾的眼睛：「是牠打聽回來？」蜜涅瓦揚眉，點點頭。火火伸手想拍拍牠的頭，但貓頭鷹冷傲地一百八十度別轉臉，對他不瞅不睬。「連你養的貓頭鷹，也像你一樣驕傲得可以殺人的性格，真受不了。」

他一躍便站身，拍拍腿上黏着的枯葉，走向森林深處。快要天亮了，他應該回去休息。只是，這夜他份外心緒不寧。夢裏的他，看着火屑衝天，猶有餘悸。他漫不經心，沿着地上老樹盤根而前行，穿插在過陰暗原始的蒼老樹幹之間，萬年古木橫亙周邊。他猛然抬頭，看向扭曲樹枝在頭頂織就那一片濃密，忽聞前方有流水聲，遂向前探勘。這地方他從未來過，好奇心把他帶到一條溪河。他跪下用手盛一舀子溪水，送進口裏，冰涼無比，灌喉而下，心曠神靜。這是一等一的上等水源，最適宜泡茶煎藥。他站起來想好好認住這個地方，但見河谷上方豁然開朗，溪河對岸是一座筆直峭壁，巍然獨立叢林之間。他看見崖下滿滿都是薔棘，記起當地有一些年長的神農説過，有個這樣的地方，名叫合谷山。這種灌木，枝上帶刺，五月時開花，花香沁人。他小心翼翼用粗樹枝推開薔棘，開出一條小路，跳過薔棘貼近崖底。

他用手觸摸崖壁冰冷玄武石，層層疊疊，他嘗試踏腳一級又一級，攀上崖壁。

他有預感，在這崖上，會找到一些奇花異草。正當他差不多攀至半山，魚肚白的天空下，日出從大地升起。晨曦中的金輝耀眼無比，照向他頭頂，他的目光追隨這第一線陽光，卻沒想到它並未停駐在壁上，而是消失於崖中。他皺起眉頭，加快腳步，才弄清楚底蘊。陽光不偏不倚，直射進一個懸在半空的山洞。由於山洞處於上方的突出石塊之下，在地面是無法察覺到的。

他用手撐起上身，翻個筋斗，躍進洞裏。眼睛還未適應到黯淡光線，前方卻有一個黑影晃動。他心裏一驚，問：「誰？」對方沒有回應，只是漸行漸近。先入眼簾是白紗裙腳，然後是一襲華貴紗裙，接着是一雙緊握拳頭的手，起伏的胸部，和精緻的五官……這位女子大約是三十五歲左右，眼神清澈，卻略帶點冷淡；鼻樑筆挺但鼻翼不尋常地鼓動。顯而易見，她對於陌生人的出現，感到不安。

「抱歉，我只是路過，並非有意冒犯。」火火對眼前這位高貴的女子，肅然起敬。她聽了，毫不在意，只是瞪眼看着他，一動不動。火火有點不知所措，只好又說：「我名叫火火，未知夫人尊姓？」她仍然沒有回應，只是直勾勾看着他。

火火有點無可奈何，悻悻然掉頭離開。「你——」她的聲線微弱，他幾近聽不到。火火回頭看她，她指指自己的耳朵，揮揮手。火火當下立即明白過來——她聽力有問題。

「你為甚麼一個人在這裏？」火火用手比劃着。她看在眼裏，眼神晃動，嘴唇抖了一下，卻沒説甚麼。火火説：「山中有茂密的雕棠樹，葉子像榆樹葉卻呈四方形，結的果實像紅豆，服食它就能治好你的失聰。」他知道她聽不到他的説話，只是，此時此刻，見她一個人被困在此，實在可憐。他想幫助她，而女子亦似乎了解他抱有善意，輕聲説：「我是罪人，被軟禁的人。」她雙手合十，示意他離開。

她臉上不卑不亢，冷冷目送他走出山洞。火火從原路回去，內心莫名地升起一種難以言喻的困惑和不安。為甚麼在甘棗山有如此一個秘洞，收藏如此一個女人？

第三章

附寶

玉城堡是一個建有許多角樓和高塔的巨大的城堡，坐落在兩座峻嶺之間。

少典國君站在通透碧綠的玉城堡頂端，這個掌握壁土國權力核心的皇帝密殿的露台，肩上的披肩迎風飄搖。他厚重的鬍鬚上繫着黃金和青銅的鈴鐺，瞇着眼睛，俯瞰大地欣榮。「馬腹來襲玉城池，已經不是一時三刻的事。」他身後的人向他報告：「據臣所知，馬腹的原居地發生了一點事，所以才離開深山，亂竄亂逃，禍及城下的人類。」少典用手握一把腮幫上的鬢鬚，生氣地說：「退下。」

「諾！」金太傅應聲躬身，垂着眼向後退出密殿。大門砰然關上，他才重重吁一口氣。金太傅跟隨少典國君超過三十年，但伴君如伴虎，尤其少典是「疑心」極重的人，這種性格完全反映在他所批達的皇諭文告中。在御令中他熱衷用警語，告誡的字眼很多。同時，他格外重視保密，不准文告在官員之間傳閱，內容也不可讓他們的家人知道，當事人更不能私抄文告。平日和眾臣議政時，總是語言鋒利，挖苦人也是一流。少典國君利用臣下相互制約，特准一些低級官員秘密上奏，能隨時舉發上司。由於太過嚴厲，全個玉城池的人都非常懼怕國君。除了，一個人……

他走過一段插滿彩旗的走廊，窗戶的玻璃在藍天下耀眼生輝。這不是人造的，卻是神族所做。城堡裏的一切，普天之下，亦只有此處擁有。火把將玉石牆照得通明，房頂高得難以想像，正面美麗的大理石樓梯通往樓上。走上雲石樓梯，在巨大的橡木門前，他停住腳步。金太傅舉起他那巨大的拳頭，用力在大門上敲了三下。大門打開，門口站着一個身着灰褐色長袍的女侍。她的表情總是如此嚴肅，每次見她，都不禁使金太傅心頭一凜。守門的侍衛把大門完全推開，裏面的客廳大得驚人，甚至可以裝下普通人家一整幢房子。整個客廳沒有窗，卻是燭火通明，桌上擺滿了閃閃發光的金製的碟子和高腳杯。兩旁侍女，一字排開站好，她們的臉就好像閃耀燭光中蒼白的小燈籠。坐在長桌一端，正是他要覲見的人，惟獨這人，不畏國君。

附寶皇妃放下手中的湯匙，用手指輕輕一劃，在旁的侍女馬上收起只喝了一口的熱湯。她挑起眉毛，看一眼剛才身着灰褐色長袍的近身女侍。女侍向旁邊的人傳話：「把做這碗湯的人——殺了。」金太傅見怪不怪，只能替這個因為一碗湯而送命的人類可惜。他也是人類，雖然他需要做的和廚子一樣，同是想盡方法討好皇族；但，他的老練和交際手腕，令他的性命並不致朝不保夕。

在玉城堡居住的這班神族，與生俱來，就是高人一等。他們世襲財富和神力，掌握人世間的命脈。滋擾安寧的猛獸，固然令他們煩厭。但心腹之患，是在邊界蠢蠢欲動的魔族。

魔族是一群流浪的刺客，在魔窟一帶出沒，擅長攝魂魔障，會用魔障將敵人的靈魂，強行勾出，然後封印在其他物品上。他們最重要的首腦，是大祭司，強大的攝魂師。神族沒有人想招惹他，他的惡行不但能將許多可憐人類或野獸的靈魂勾出，還將他們束縛在一種屍體的傀儡上，再操縱成為亡靈大軍，守護魔窟。不過幾千年以來，大祭司從未大規模侵犯神族領土，只會作惡人間。因此，五方神族，從未真正與他交戰。受苦難的，不過是人間百姓。

「報告皇妃，老臣查明，此事應該和魔族無關。」皇妃一張臉冷得足以冰凍三尺，她抬起睫毛，似笑非笑：「太傅如此說，我便放心。看你……皺紋又多了一點，肚子又胖了一圈，要好好輔助他。我的皇兒，將來要統領一個太平盛世。」她站起來，身上翡翠綠的絲絨長袍拉直，玲瓏浮突的身形絕不似育有一位十七歲皇太子的母親。美貌傾國傾城，國君的後宮，只有她一個女人。

在她之前，少典是有另一個女人，叫女登。她和少典青梅竹馬，後來做了皇后，也是他第一個女人。而附寶，是少典在一次夜間狩獵時遇上的。十七年前的那個夜晚，少典走進森林，狹長小路豁然開朗，進入眼簾的是一個黑色大湖，在滿天的星空下耀耀生輝。湖邊有一隻小船，船夫穿着斗篷，掩蓋了臉頰。少典坐上了船，船夫緩緩撐竿，在水平如鏡的湖面滑行，很慢很慢。「你用力一點可以嗎？」少典大聲喊道。船夫默不作聲，少典焦急地搶過竹竿。船夫一驚，身上的斗篷一鬆，滑下腳踝，少典抬頭仰望着眼前如花美艷的少女，對方後退了一步，站不穩便連人帶竿掉進冰冷的湖裏。少典的神力是土，遇水排斥，馬上跳進水裏，把她從湖底救回小船上。但見全身盡濕的少女，冷凍地顫抖，瑟縮一團。少典自責地把她抱起，也就在那一刻，他感覺到她身體是多麼柔軟，他看見她的臉龐是多麼美麗的，他緊緊地把她抱在懷裏，情不自禁……

當小船隊愈來愈接近玉城堡所在的峭壁時，他們下了船，沿着滿是巖石和鵝卵石的山路回到玉城堡。女登看着自己的男人背叛約誓，傷心欲絕。起初，少典並未有意將附寶立為妃子。但，女登接二連三使性子說要離家出走。少典不喜歡女人考驗自己，女登腮邊掛滿淚水時的心思，更讓他猜不透。他明明深愛這個女人，但她的央求，令人太累。結果，皇后帶着剛出生的皇子，莫名其妙地離開了他。

附寶生於貧戶之家，有一天，在草原上看見策馬而過的少典，一見鍾情。村民告訴他，少典是國君，是神族，娶了皇后，也是神族。附寶不明白，為甚麼上天要如此不公允？即使她長得國色天香，亦終生只能是凡人。她處心積慮，要押上性命，深信能以美色迷惑國君。

皇后離宮，她很想取而代之，但礙於身份，她又怕不能順利成全。她在森林遇上一隻知更鳥，對方見她目光灼灼，一臉惶惑，問她原由。她和盤托出，知更鳥覺得與她有緣，答應助她一臂之力，叫她放心回玉城堡。少典已經沒有了女登，害怕失去附寶，見她回來馬上說要立她為妃：「你是否神族？」附寶深深吸一口氣：「是。」少典高興地擁吻她。在旁的侍衛卻說：「恕微臣冒犯，請問少主你有甚麼神力？」附寶咬一下唇，佯裝向半空揮手，說時遲那時快，侍衛的雙目，被天上忽來的一陣雷光擊盲。旁人見狀，馬上跪拜。少典一呆，但見附寶嬌羞地投向他的懷裏，被她的美色所惑，亦只覺得侍衛是活該為他的無禮而受罰。

附寶如願成為了皇妃，也誕下皇子，但她並不開心。經過幾年，乃至幾十年，這位初戀情人永遠在少典內心佔有一席之地，這種想法讓她很難忍受。初戀讓他浪漫、甜蜜、激動，也帶給他輕狂、憂鬱、傷痛，總之它留給少典的內容太豐富太深刻，假若一天女登回來，皇后復位，她將失去所有。所以，她一直想盡方法，令自己的皇子，成為皇位繼承人。她鞏固自己在玉城池的力量，悄悄籠絡其他大臣。他老了，好大喜功，又特別忌憚別人打他皇位的主意，任何人只要打他皇位的主意，他殺起人來從來都不會手軟，這也是附寶從來不讓太子與任何朝臣來往的原因，因為只要與朝廷官員來往，必然會陷入黨爭之中。

這一夜，如同過去五千個夜晚一樣，附寶如常等待少典。她甚至用迷香，令少典對自己癡迷，讓他深信，附寶只是馴如羔羊的女人。她一絲不苟地梳理鬈髮，整妝以暇。看着自己這張芳華漸逝的臉龐，她用鮮花蕊粉末塗抹，再塗抹。她是人類，不似神族，經年不老。她的眼裏，流露出一種深不可測的陰霾。這時，少典推門而進她的寢室，她的眼睛刻意在瞬間淡化那種深沉，變得如水清澈。

少典今夜喝了一點酒，躺在附寶的身邊，眼中的笑意愈來愈深。附寶的臉就貼在少典的胸膛上，把玩着他的頭髮：「是時候讓我們的皇兒，幫他的父皇分憂。」附寶的嘴角上翹，顯然是對她自己的想法還挺滿意：「侍臣和土地，是我們需要考慮，侍臣姑且不説，土地的話，肯定不能讓不好管教的人類自把自為……」

附寶嘟嘟囔囔説了一大堆，卻沒聽到少典有半句回應，還以為少典是被自己説得睡着了，着急地抬頭一看，這男人滿眼醉意看着她。「你這麼看我……」還沒等附寶説完，少典就已經低頭，把附寶的唇給封上了，這張嘴真是讓他愛到要死，不僅能説出雄才大略來，品嚐起來，還是一樣甜美。附寶也沒想到少典忽然吻住自己，想到剛才心裏的籌算，輕輕綿綿回吻，附寶在少典耳邊嗤笑：「皇上是説了算啦。」

少典一把抱緊附寶的腰肢，兩個人就這樣纏綿了一夜。

第四章

太子

太子一箭射上雲端，劃過長空，箭頭帶着獵物極速下墜地面。他的皮膚是亮銅色，體型比尾隨的侍衛還要高出一個頭，動作極為敏捷輕靈，矯健的身形有如獵豹。「好！一箭雙鵰。」侍衛在旁拍掌歡呼。他嘴角甚至沒一點掀動，頭也不回地策馬飛馳，披頭順滑黑髮，揚長而去。與生俱來不但是神族，而且是尊貴的太子，他集百般榮寵於一身，世上根本沒一件事他做不來。

在這個幽谷縱橫、花開遍野、長河奔湧的地方，高聳於壯麗灰藍峰巒間，是他長大的玉城池，城裏有高舉鮮明旗幟守衛的鐵甲武士。位處中原，是人們稱之為樂土的地方，是自由城邦。父皇告訴他：「這是神族血脈所繼承的土地，屬於我們，永遠屬於我們。」沒人能從神族手中偷走東西，門兒都沒有。

這時眼前忽然有一隻動物在他面前一閃而過，他眉頭一皺：那是甚麼？他縱馬狂奔，一直追向前方，但見是一頭灰色馬匹，從牠的臀部估量，牠的體型比一般馬匹大一半。眼下愈追愈近，快要追近之際，忽見對方回頭，電光石火之間，太子一怔。

這到底是甚麼？

他是擁有一個人類的上半身，下半身則是駿馬的野獸。一看而知，是勇猛善戰的暴烈戰士。莫非，他就是傳聞中的馬腹？據説，馬腹可以快速地追擊敵人，也都擁有百步穿楊的神技。而且，由於他們和大自然之間的緊密聯繫，多半受到森林之神庇護。馬腹擁有極為強烈的種族優越感，他們認為人類只是身體殘缺的怪物，所以，才會肆無忌憚攻擊人類。

縱然知道對方是善戰的馬腹，而且體型龐大，但太子並未勒住自己的馬匹，仍然勇猛追上去。這時，馬腹忽然停下來，回首以兇狠的目光，厲視太子。太子用力揪住韁繩，白馬訝異地看着瞪着牠的巨型馬腹，眼瞳中

充滿驚懼。

「你是誰？」太子拔出佩劍。對方看着他，說：「你是誰？」「大膽妖孽！」對方看着他，重複他的話：「大膽妖孽！」「你這人頭馬身的怪物，不配跟我説話。」太子話未説完，即揮劍劈向對方。對方不慌不忙閃避了，向他怒吼：「你這身體殘缺的人類，不配跟我説話。」他雙眼通紅，以龐大壯碩的身軀撲向太子，太子執穩手中寶劍，瞄準他青筋暴現的胸膛。就在千鈞一髮之際，他身後忽有嘶吼聲。牠猛然止步回首，但見一群馬腹在高坡上呼喚他歸隊。

「不知好歹，我今天姑且放你一馬。」對方頭也不回跑上高坡。太子怒不可遏，拚命追上前去。但見這馬腹在前方舉箭，電光石火間轉身瞄向他，在太子還未及反應之時，他已經感到左肩上方一陣劇痛。他一看，血如泉湧。尾隨的侍衛趕到，替他包紮好傷口。

他緊抿嘴唇，強自遏抑厚重黑斗篷下內心的怒火。他不僅是憤怒，在他受傷的自尊底下，他隱然察覺到某種潛藏的不安，一種近似於畏懼的緊張情緒。

在玉城堡裏，少典坐在長餐桌的另一端，看着附寶，他的語調莊重而遙遠。「孩子呢？」每次用餐前，他總是會先問這句。他雖然是一位嚴君，一個疑心重的男人，但附寶深信，他亦是一位關愛家人的夫君。「在競技場上練習呢。」如果少典在她寢宮用膳，她會為他準備這湯。這附近有一種魚，形狀像獼猴卻有像公雞一樣長長的爪子，人吃了牠的肉，就可以對眼前人少了疑心。她嘔心地看着熱湯，把絲質餐巾放回在桌面。「不合胃口？」少典問她。附寶微笑：「不會。你看你，把廚子做的湯都喝光，一定很美味。今天，我但覺有點腹脹而已。」

「孩子得學着面對自己的恐懼，他不可能永遠都是十多歲。」少典看向窗外。附寶皺眉：「你打算要他出征？」

「是。你不是想他建功立業？」附寶的提議，其實是想讓太子沾手國事，並非行軍遣將。離開壁土國，誰保證她的孩子沒有性命之虞？

「百姓肯定把馬腹來襲這件事看在眼中，如果我們神族不理會，他們會心寒，等事情到了一種難以挽回的地步，他們肯定就不會再把我們皇室放在眼內。馬腹，是大型猛獸。你沒看見過，他們攻擊人類所留下來的撕裂傷口？」附寶同意馬腹是禍根，尤其最後那句話，教她不寒而慄。

少典和附寶在正殿召見太子。他手裏握了一塊上了油的皮革，輕拭劍身，金屬被逐漸磨出暗沉的光澤。「我很為你高興，太子，你能為我族出戰，驅逐馬腹，以絕後患。我相信，臣民都會為你驕傲。」在旁的附寶說：「我向來都很為他驕傲。」她一邊看着少典拭劍一邊答道。

太子可以瞧見銅劍深處的波紋，是鍛冶時千錘百煉的印記。他對刀劍素有研究，不能否認這「太昊劍」確有其獨特的美。它是天地初開以前，在火山下冶煉而成，當時神族銅匠不僅用鑿錘冶鐵，更用法術來形塑。炎黃劍已有五百年歷史，卻仍舊如它鍛冶之初一般鋒利。它的名字則更源遠流長，乃是襲自少典的父親太昊之名，他當時是天下唯一君王。「你把它帶去吧。」

附寶見此，內心激動得如五味翻騰，過去的妒嫉屈辱擔驚乍喜，通通灰飛煙滅。少典把祖傳的太昊劍給了自己的孩兒，意味他成為繼位者指日可待。

太子接過手中的太昊劍。在玉池城，提及太昊是一個禁忌。他對這個祖父實在一無所知。唯一記起，在自己仍是孩提之時，曾經在森林迷路。當時，有一位慈祥的女人，告訴他一個故事：太昊帶領族人來到這土地，看到這裏草長水豐，於是在這裏建都繁衍生息。他種出五穀糧食，教人類做出第一鍋飯；養出多種牲畜，創造百家姓氏，開創文明。他造琴瑟、造干戈、結網罟、制嫁娶，創造龍圖騰，定四海。如此偉大的君王事蹟，卻銷聲匿跡。主要是因為，少典不及太昊，繼位後國土四分五裂，變成現在的模樣。他不想被比下去，所以禁止人民議論及傳誦，保其神族顏面。

當時，只有七歲的太子，並不完全聽明白她說的故事。但意識到女人說自己父王的不是，憤慨反唇相稽：「混賬狂婦！竟敢出言大不敬？」

女人不慍不火，說：「孩子，終有一天，你會明白這一切。」她說罷，一手抱起他，倏地來到森林出口。當太子定睛，樹下空無一人。月亮緩緩爬過漆黑的天幕，但他依舊留在原地，嚇得大氣也不敢出。一片死寂之中，太子害怕地跪下，伸手捂住雙眼。她已經消失在叢林裏，只餘她的聲音，迴盪在深夜的林裏：大道無形，生育天地，萬姓同根，根在何處？

這一件事，太子至今仍然無法忘懷。

少典和附寶為太子送行。他是個俊美的十七歲青年，擁有一雙灰色眸子，舉止優雅。騎在他那匹健壯的白色戰馬上，比騎着矮小犁馬的侍衛高出許多。他穿着黑色皮靴，黑色羊毛褲，戴着黑色鼴鼠皮手套，黑色羊毛衫外套硬皮甲，又罩了一件閃閃發光的黑色銅環甲。

微風吹過，眾人頭頂飄揚着玉城池家族的旗幟，上面畫着白底紅色的龍圖騰。

附寶內心有一千個不願意把他送出城外，她眼見兒子的背影漸行漸遠，立時轉身回到寢宮。少典還以為她是婦人之仁，受不住母子分隔。當她關上重重的木門，馬上從窗外召喚一隻全身赤色，頭上雲白的大鳥。「馬上叫他來找我。」一貼身侍女待牠飛走了，再小心翼翼俯視，察看城下有沒有人看見。

「只有牠可以完成任務，在那地方找到他。」附寶眼中充滿詭異，彷佛一個無底的深潭。

第五章

火火

人和馬的氣息，在清晨的冷冽空氣裏，交織成繾綣蒸騰的雪白霧網，蓋亞下令要兩人必須今晚起行。火火和蜜涅瓦直挺背脊，昂然跨坐鞍背；在目送他們走出森林的神農面前，努力想表現出少年所沒有的成熟氣度。

眼前迎接的，將會是難以預測的困境。事情發生在三天之前，蓋亞夜觀星宿，忽然尖叫。火火和蜜涅瓦被驚擾，同時跑向聖殿。蓋亞惶恐地看着兩人長嘆一口氣。「馬腹離開深山，亂竄亂逃，禍及城下的人類，是因為有大災難即將降臨。」火火和蜜涅瓦面面相覷，他們從未見過蓋亞如斯害怕，雙眼空洞有如懸浮在黑夜蒼穹中的玻璃。

甘棗山北麓的約古宗列河是大地源頭所在，有終年積雪高山，處處冰河垂懸。每年春天以後，在強烈的日光照耀下，高山冰雪漸漸消融，匯成一股股溪流，滋潤乾燥沃土，更為大地供給水源。源流細水涓涓，清澈平緩，穿過盆地，注入星宿海。「然而，如今河道逐漸乾涸，是從未見過的。早兩天我到過雪山，沿峽而下，但見河不成河。」蓋亞非常憂慮：「如此下去，大地萬物滅絕，人類亦將滅亡。」

「惟今之計，蜜涅瓦，請你回到南國的故鄉，去借一勺萬年甘露，才可以令河床重生。」蓋亞輕輕撫摸着她柔順的長髮，憐愛地抱了她一下。「我剛才夜觀星宿，此行吉中藏凶，凶中有吉，是福是禍，一切看你們命數。」

「火火，你要沿途保護蜜涅瓦。而你，亦會因為展開今次的旅程，而開啟了生命之門。」蓋亞眼裏充滿深邃。

火火穿越濃密樹叢，爬上低緩斜坡，朝南方走去。蜜涅瓦和她肩膀上的貓頭鷹，跟在他後面。她身上最耀眼的，自然是一件既厚實又柔軟的黑色貂皮斗篷。她的臉蛋如雪裏紅，穿上這斗篷顯得份外高貴。而相反，火火的臉瘦得像把尖刀，任誰也會以為他是蜜涅瓦的隨侍。地面潮濕而泥

濘，極易滑倒，石塊和暗藏的樹根也能絆馬一跤。兩人沒有發出任何聲響，卻不時傳來葉子摩擦，以及分叉枝幹絆住他們隨身行囊，勾住布袋時所發出的聲響。

水源日漸乾涸，令馬腹離開原居地，尋覓水源。此行惟恐難免與他們交鋒，但以火火和蜜涅瓦兩人手無縛雞之力，蓋亞居然只是塞了一個舊布袋給蜜涅瓦，裏面亦只有一塊紅石，便安心讓他們出發。這時候，火火忽然看見前方不遠處，地上散落了細小的紅色果子。他抬頭，看見一大株雕棠樹就在他頭上。

他立即下馬，三步併作兩步爬上樹上，沒多久，滿懷都是血紅色的果實。「蜜涅瓦，我想回甘棗山先去見一個人，她需要這些果實。」

蜜涅瓦露出一臉恍惚的表情：「你說甚麼？你忘記蓋亞叫我們盡快去南國？」火火怪不好意思地說：「我答應過一個人，要送她藥草，治好她的失聰，此行看是凶多吉少，我怕沒有機會回來。一來一回不用半天，你等等我，可以嗎？」

「不行！」蜜涅瓦高傲地揚眉昂首，閉上眼睛。「從小我母親便教我，要信守承諾。抱歉，你先行吧，我回頭必定追上來。」火火策馬，頭也不回地向山裏奔馳。

蜜涅瓦想伸手截住他，卻只見指尖凝在安靜得沒一點聲響的半空。

火火想起那個被囚禁的女人，心裏有一種從未有的惦掛。他心裏銘記着那雙清澈的眼瞳。那一刻，那一瞬間，曾看進過他靈魂深處的眼瞳。

月夜中奔走，頭頂的樹葉似乎會隨着移動而改變顏色，一會兒白如新雪，一會兒黑如暗影，處處點綴着森林的深灰奧綠。來到熟悉的溪河，水面上的粼粼月光般不斷浮沉。他抬頭，靈巧地爬上崖壁。多虧這些年來一直在森山採百草，他可以說是世上最會徒手攀石的人。

月光瀉地，把洞口照得慘白。他刻意將腳步加重，大聲向洞內呼叫：「夫人！夫人！」她雖然聽不到，但火火覺得這是基本禮貌。

婦人走出來，一瞬間，他們目光相觸。火火一怔：是我的錯覺吧？她那悲傷的眼光，彷彿清澈地望進我眼瞳深處。

他回神：「夫人，你的藥草。」他刻意誇張動作，指指果實，又指指自己的耳朵。婦人的眼神，從悲傷頓化為溫婉，而且多了一絲喜悅。

火火把果實給她，囑咐她馬上進食。婦人服下，隔了一會兒，她忽然捂住雙耳，一陣暈眩，但覺天旋地轉。火火看在眼裏，大吃一驚，反覆檢驗果實，又嗅又嚐，確定是雕棠樹的果子無誤。

正當他想抓起婦人的手腕，察查是否中毒之際……婦人睜開靈動的雙眼，定睛看着火火。

「我聽見了！」她凝動着細長的睫毛，抓緊火火的胳膊：「有樹蛙在叫，有夜鸞歌唱，有蝙鼠低喃……」

火火微笑，這是他看見過，最真善的笑容。如此一個動人的女人，為甚麼被囚禁？他很想問她，但又不敢開口。他收拾行裝，想離開。

「你要回去？」婦人詫異。火火搖頭：「我要去南方，去燈火國。」

他的眼裏顯得憂心忡忡。

「年輕人，有甚麼令你困擾？」婦人溫柔地問。火火自小沒有父母，收養他的蓋亞是女神，無上權威；從未有一個人如此關切地慰問自己。此行未知數太多，心裏的徬徨正是無處可訴。再冷靜和堅強的男生，都有軟弱的一刻。

「我怕遇上馬腹。」他說：「水源日漸乾涸，所以他們離開深山，亂竄亂逃，禍及城下的人類。」說罷他便後悔：這被困在深山的婦人，未必知道世上有馬腹這種野獸……

婦人站身，走向洞口，看着明亮圓渾的月亮：「馬腹的確好戰。不過，在好戰的馬腹族群中，也有天性完全不同的一群。他們溫文儒雅，喜歡研究大自然的各種事物，但同樣擁有高超的戰技。當中最著名的一位英雄，叫奇龍，就是這樣一個怪才。他擅長醫藥、音樂、卜筮、狩獵和各種各樣的知識。在他手中教導出來的高徒，不計其數。不僅如此，奇龍還在神族的祝福下，擁有永生不死的力量。而且，他能將自己的長生不死能力轉讓給別人。」

火火聽得目瞪口呆。有關這些資訊，他從沒聽聞，甚至，連蓋亞也沒告訴他。他更沒想到，這些會從一名婦人口中告訴他。

「雖然他有不死力量，但九頭蛇毒，會令他生不如死。所以，如果到了一刻，你必須對付他，就只能出此下策。」婦人目光閃爍。

這女人的確令人好奇，火火向她說：「我叫火火。請問，夫人尊姓大名？」

她訕笑：「名字，有何意義？」

火火對這話聽不懂；但對要留下她一個人，卻有點憂心：「我帶你離開這裏吧？」

婦人微笑搖頭：「我是神族，要走，有何難？」

「你不想離開？」

「把我囚禁在此地的人，正是我自己。哀，莫大於心死。」

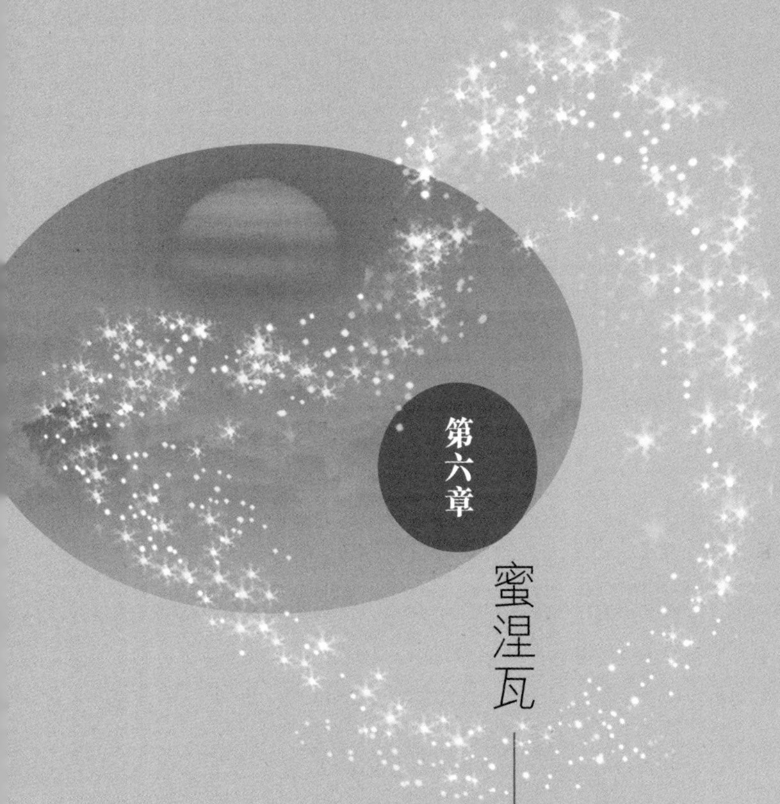

第六章 蜜涅瓦

騎馬走了一整夜的路，天色漸亮。蜜涅瓦向附近的喜鵲問路，牠們説這裏是敖岸山，山南出產琈玉，山北出產赭石和黃金。山中有一種野獸，形狀像一般的白鹿卻長着四隻角，名稱是夫諸，在那裏出現，那裏就會發生水災。喜鵲搖頭輕嘆：「可惜，這好幾年，牠早已銷聲匿跡。」

「你是誰？」喜鵲受驚飛走。蜜涅瓦應聲抬起臉，看見一位長相漂亮，有細小腰身和潔白牙齒，卻渾身長着豹子一樣斑紋的女人，半躺在樹枝上問她。蜜涅瓦的貓頭鷹對她耳語：山神武羅，她掌管着這裏。

這位山神耳朵上穿掛着金銀環，説話時發出玉石碰擊作響的清脆聲響。「這座山，很多女子會來。」蜜涅瓦回答：「我是蜜涅瓦，取道南下。」武羅揚手：「噢，我以為你是為捕殺我的鴝而來。」

武羅霍然一縱跳下，恍若豹子。「十八年前，一班來自玉城池的女侍，一夜間把我這裏所有的鴝都捉走。」「鴝是害鳥？」蜜涅瓦皺起眉心。武羅狡黠地笑：「當然不是，牠是婦女神藥。牠形狀像野鴨子，青色羽毛，淺紅色眼睛，深紅色尾巴，吃了牠的肉，就能使人多生孩子。」蜜涅瓦明白過來，玉城池裏有女人，想生孩子。

這時，蜜涅瓦的肚子，不自覺傳出飢腸轆轆的聲響。她靦覥地看向武羅。武羅一笑：「你長得一臉秀美，還以為你是神族，不食人間煙火。」蜜涅瓦下馬，向她躬身：「武羅大人，可否在此借宿？」武羅點頭，一把抱起她，兩三秒之間就來到樹頂的樹屋。

武羅的樹屋有三層，進出只用伸縮繩梯，不用時可收藏起來，完全懸掛在樹上。這株樹是全山林中最高，可以環視整片林地。人與樹的自然共生，蜜涅瓦如鳥兒般住在樹上。敖岸山擁有最原始而純淨自然環境，有河谷、森林和湖泊。

這樹屋很大，有兩間睡房和客廳，外表平平無奇，卻用松樹木建造。

全景觀窗框用木條組成，可以看到森林每一角落。蜜涅瓦在頂層露天平台，清晰看到遠方無敵美景。

武羅見蜜涅瓦出神地眺望，問道：「你在等待誰？」蜜涅瓦顧左右而言他：「我可否借用你的廚房，做點湯飯？」武羅微笑，指向一群從遠處飛來的喜鵲：「不用麻煩。牠們説你為大地沐水而來，專誠為你做了早餐。」蜜涅瓦瞪一眼裝作若無其事的貓頭鷹：準是她告訴了對方此行目的。

十多隻喜鵲嵌着一塊無比巨大的芭蕉葉的四邊，上面放着各式各樣鮮果，還有青豆和玉米。牠們小心翼翼，費盡九牛二虎之力才把食物放好在平台。蜜涅瓦感激地合十，向喜鵲群道謝。

武羅見狀，忍不住內心的驚訝：「我在叢林多年，還是頭一次看見喜鵲群如此。你明明是一個人類，並未有神族與生俱來的魅力，憑甚麼令這

群雀鳥臣服？」蜜涅瓦苦笑：「我生於南國，皮膚黝黑，何來魅力？」武羅聽畢，她從房間裏，拿出一大把蘭草，長着四方形莖幹的黃花、有紅色果實，根部像藁本的根。她塞進她手裏：「這東西名叫荀草，服用它就能使人的膚色變得亮白。要知道，女為悅己者容。」

「我並無悅己者。」蜜涅瓦說着，腦裏卻不期然浮現起火火的樣貌。這可惡混蛋，把我遺棄在這裏！她一邊暗忖，一邊生氣地咬嚼手裏的荀草。

被森林圍繞，蟲鳴鳥喚叫，黃昏下蘇醒的蜜涅瓦，拜別武羅。武羅看着她遠去的身影，自言自語：「我能夠與你一見，是我這位小山神的榮耀。將來，你會經歷百般災厄，然後，重生。」

離開敖岸山半天，蜜涅瓦不時回頭，仍然未見火火追上前。「他到底是怎麼了？不是說，放下果實就回來？如此神秘，他到底回去見甚麼

人？」她腦內不停轉出謎圈。

一道陰影突然自樹林暗處冒出，站到蜜涅瓦面前。它的體型不小，憔悴似枯骨，膚色蒼黃，如血目光。蜜涅瓦的貓頭鷹受驚，飛上不遠處樹椏。

蜜涅瓦聽説過，接近中土邊界，有一種野獸，叫雍和，形狀像猿猴，卻長着紅眼睛、紅嘴巴、黃色的身子。她心知肚明，這就是牠。她不肯定對方會否襲擊自己，她只能極力保持安靜，望望自己腳踏着馬鞍的黑色直筒長靴。

她準備，隨時蹬腳便策馬狂奔。貓頭鷹飛到主人頭頂半空之上，向着對方吼叫。雍和並不害怕，反而翹起血盆大口，張開鋒利尖牙。蜜涅瓦嚇得緊瞇着眼，全身害怕得不能動彈，雙腳發軟。

正當這隻野獸想撲向她之時，忽然一枝金色的箭從她身後往前方射出，劃過她右側髮梢，不偏不倚，射向雍和。牠慘叫一聲，血泉從頸動脈噴出，散落一地，當場斃命。

她坐的馬卻被突如其來的境況嚇唬，前腳奮力一提……蜜涅瓦還來不及意識到發生甚麼事時，身體已被拋上半空。

被拋上半空的她，身體停留在凌空的時間，應該只有一至兩秒吧？但是，不知為甚麼，這一、兩秒的感覺很漫長，時間彷彿是突然靜止了。

騰飛在半空的蜜涅瓦，跟地上黑壓壓的士兵叢中的男生，目光相接。

下一瞬，在她快要被摔回地上，在她以為自己後腦定必重重地撞擊到地上的一刻，他伸手抱住了她。在最後一瞬，佔據着她所有意識的，是這男生的臉。

男生抱着她的手，抖得很厲害；他自己也覺得奇怪，為甚麼會有這種反應？她惘然注視着他的眼眸。

男生沒有下馬，彎身把她放回地面，然後向旁邊的侍衛說：「這是雍和，在哪個國家出現，哪個國家裏就會發生恐怖災劫。快，把這件事告訴父皇……」

蜜涅瓦臉無血色看向他，她剛才死了兩次：若非他及時出現，不是被野獸吞噬，就是從馬背上拋下粉身碎骨。

在馬背上的男生，一邊拉着轡繩，一邊指向她：「這是國界，你一個女生，為甚麼獨個兒在這地方？」蜜涅瓦一臉迷惑地把視線投向對方，死裏逃生，她猶有餘悸，不知道如何應對。

「我是這國家的太子，既然你不肯回答實話，來人，把她帶走！」說完，多個侍衛包圍着蜜涅瓦，用鋒利的長矛，指向蜜涅瓦。蜜涅瓦沒有反抗，只是沉默地上馬，跟着大軍走。

樹椏上的貓頭鷹，用靈動的眼珠，把這一切都看在眼裏。蜜涅瓦的貓

頭鷹，具有深藏不露的特質，喜歡先在暗處中觀察環境中的動靜。她天生有很強的洞察力和敏銳度，可以感受與推估別人的情緒、思想與可能的動機。

蜜涅瓦知道，她的貓頭鷹會在暗處守護她。

第七章

太子

天色漸亮，哨兵來報：「報告殿下，我們即將到達三江並流的地段。過了這一段，便是魔窟地帶。」

太子以前從金太傅口中得知，神族有一卷天地圖譜，大地最混沌的時期，是第一和第二紀元的「泥河灣期」和「公王嶺期」。如今是第四紀元，是「馬蘭黃土期」。每一紀元，大自然都會發生巨變。而這一帶地域，並未受第四紀元的寒冰覆蓋，加上區內有橫斷山脈，是四千萬年前地表急劇上升並切割，高山與大江交替展佈，南北走向，分割三條冰河，做成三江並流之勢。這裏更成為大自然物種的主要通道和避難所。山高谷深，山下是乾熱河谷，山上卻是寒冷雪山，有着各式各樣動植物。

太子在白馬上亮起朗朗聲調：「過了這分界，便離開國境。這樣吧，我們都在這草原留宿一晚，明日再追捕馬腹。」士兵齊聲：「諾！」

他看見騎在馬上的蜜涅瓦，獨自仰望大雪山，內心無比安寧。高聳雪山冰原荒漠，有着難以言喻的景致、無法想像的孤寂，同時卻也散發一種特有的包容。

畢竟，太子只是一個少年，沉鬱的外表仍藏有童心。他驅馬前行，想不動聲色來到她身旁，想驚擾她的安靜。不料，蜜涅瓦自小夜遊森林，對所有聲音極其敏感。蜜涅瓦徑自指向巨崖之上，其中一處開裂成一窄口，矗立如插天巨門。太子一愣，瞬間又回復他的冷淡：「這是進入深處的死亡幽谷，召喚那因為背棄誓言而死後無法安息的亡靈大軍。」河水從那「巨門」流出，直瀉下谷底。裂口兩邊險峻高崖，巨門之上，深谷直指雪峰，融雪帶來的流量，相比起甘棗山河谷中的涓涓細流，氣勢不能同日而語。

蜜涅瓦輕聲說：「你能想像，在雪山的另一邊，在魔窟地帶之外，是一個和這裏完全不一樣的南方世界，叫燈火國？」

太子不可思議地看向她：「你到底從何而來？」

蜜涅瓦打了一個呵欠：「蜜涅瓦是夜貓子，殿下，可否睡醒再跟你詳談？」她拉了一下馬韁，掉頭離開。太子從未見過如此傲慢的女生；在玉城池的神族女兒，個個國色天香，總是在競技場圍觀他練劍和騎射，只怕吸引不到他的垂青。如今，這個女生居然如此不識抬舉，若換了是在宮殿，她已經立即被旁邊的大臣拉走重罰。然而，當他揚手想開口之際，看見她的長髮在風中飄開，背影散發着一種女性獨有的溫暖。不知怎地，內心好像忽然被軟化了……

太子巡視完軍營大半天，天色向晚，他回到自己的軍帳。剛剛回到中軍大帳，隨侍就走了進來，臉色發青，太子見狀問道：「何事？」

對方猶豫了一下，語氣有些低沉説道：「將軍，有兩個消息傳來，一個好消息，一個壞消息！」太子內心一緊，臉上卻是一臉平靜，「説吧，到底出了何事？」

「好消息是，馬腹已經離開了國境，正在進入魔窟地帶！」

太子臉上露出笑意，「很好，他們不再來我中土犯險。另外一件壞消息呢？說吧，天塌不下來，沒甚麼大不了！」

「諾！」隨侍嚥了嚥口水，面有難色：「玉城池有消息傳來，少典國君知道馬腹已經離開了國境，但卻下旨要殿下趕盡殺絕，以絕後患。」

「這……」太子歪着頭，有點困惑地低頭望着腰間的太昊劍，用手重重握緊。

「如果我們追捕到魔窟地帶，豈非性命堪虞？」隨侍抬起惶惶不可終日的目光：「莫非，少典國君想自己的兒子死？」

「放肆！」太子赤紅着雙眼，拳頭捏得咯吱作響。

「微臣該死。」隨侍從未見過太子如此憤怒，嚇得頭也不敢抬起。

太子根本無意怪責這位和他一起長大的隨侍；他只是不理解父親的決定。一向知道父皇多疑，但，他不可能想自己死……如果兒臣死了，誰來繼位？抑或，他想皇座千秋萬世，不欲兒子取締？

他沉思良久，對隨侍說：「父皇一定是收到我們遇上雍和的急報，所以怕國家出大事。」他遣走隨侍。

如果馬腹是罪魁禍首，為了不讓國家發生大災劫，父皇才叫自己冒險。他重重複複把這個念頭告訴自己，一遍又一遍。

馬腹既已橫越國境，明日大軍就要啟程向南方進發，進入魔窟地帶。這樣的話，很多事情需要處理和安排。他向帳外喊道：「來人，去找人把附近的魔窟地帶地形繪圖送來，快去！」「領命！」帳外應聲。

草原上的黑夜，除了繁星，還有亮得發白的月亮。夜難眠，太子獨自走出營帳。他看見蜜涅瓦站立在銀河之下，被漫天星光包圍。此情此景，令他怦然心動。他記得，母妃曾經對他說過：「如果是命中注定的相遇，你的心臟，會首先知道。」

他走近對方，蜜涅瓦回頭，眼睛閃爍着如水清澈的光芒。太子深深吸一口氣，勉力平復急速跳動的脈搏。他朝她說：「你的耳朵像貓一樣靈。」

蜜涅瓦揚起細長的眉毛：「殿下——」太子瞪着她嫩白的臉，沉着聲線說：「你知道燈火國的事，莫非你是從南國而來？不過你的肌色如雪，沒可能是南方人……是時候要告訴我，有關你的來歷吧。」

蜜涅瓦這才發現，自己昔日棕銅膚色，如今變成了白雲一樣的棉花。她想了一想，才記起在武羅大人那裏，食用了荀草。難怪，她說那山地和樹林都是女性的聖地。猶記得，武羅大人說曾在十八年前有來自玉城池的神族掠殺異禽，為求得子。這個人，莫非是……太子的母妃？她是如此陰險之人？

雖然太子是神族，又是對自己有救命之恩。但，事關重大，有關尋覓水源的事，可能會牽扯到蓋亞的藏身秘密。既然如此，還是編一個故事蒙混過去。

「我出生在燈火國，幼時被野獸搶走，來到中土的半山，誤認作孩子，撫養成人。現在想回去南方，找尋父母。」蜜涅瓦說。「那裏是一片澤國，四周是油亮亮的水，水下有田埂農田若隱若現。這是雨季常見的情形。帝國以無數戰爭、鮮血交換而來，強悍勇猛的戰士，和九首蛇神一同守護燈火國。那裏有搭建的積木，用火山岩漿凝固而成的岩石，切割成數噸重的石頭，依次相砌，建成高幾百米的巨塔、城牆、迴廊和雕塑。而且幾乎每塊石頭上都有浮雕，永恆矗立在燈火國的天空。巨大的樹盤結在圍牆的廟門上，堅實的石雕和巨石建築被森林藤蔓撕裂，共生共死。」

太子聽得入神：「我們大軍明天要離開國境，你一個女生，還是與我們一起走吧。」蜜涅瓦感覺很奇妙：小時候，她從南方來到中土，是蓋亞派出的飛鷹送航；她從未曾用腳跨越國界。這是怎麼一種感覺？

然而，她並未知道，在壁土國和燈火國之間，還有一個魔窟地帶。他們真正的敵人，根本不是馬腹。

第八章

大祭司

離開高地的路，就是一座如衛城似的巨岩底下的碎石坡。陡斜成六七十度的碎石坡上，堆疊着大大小小的鬆散石塊，好像稍微一碰，便會引發大規模崩瀉的樣子。眼前的插天巨岩，亂石崩崖，顯得面目猙獰，尤其是在背陽的位置，更是陰森。岩牆上的風化十分厲害，碎石坡上的石塊，大概都是從上面崩塌下來的。從某個角度看，那凹凸不平的岩牆，像煞一排排的窗戶，伴以華麗浮雕裝飾，恍似某衛城內龐大的宮殿建築群。

日光懨懨之下，蜜涅瓦半睡半醒一頭栽在馬背上，跟隨大隊，任憑馬匹把她帶着走。跨越天門埡口，是一段漫長且費力的路，除了是要在一天內急升近一千公尺後再急降一千五百公尺的大起大落之外，主要還是那變幻莫測的天氣。突然颳起的烈風，亦教人無法站穩，更會令氣溫在短時間內急降。

走過的急陡碎石坡上攀，在這個海拔高度，氧氣愈來愈稀薄，呼吸愈來愈不暢順，士兵只能一步一停一深呼吸，慢速前進。到了高地營後，路稍為平緩了一點，不過風卻頗大，讓人感到更加寒冷。太子在埡口頂部喝了一杯熱茶後，又繼續上路，夜色漸濃，大隊摸黑進入一個如荒漠般的亂石地帶。山路大致上沿着河谷伸延，路旁不時有大片的積雪。眼前是生命河的上源，只是一條亂石堆中的小溪，而且是結了冰的冰溪，沿溪床一直上溯，便是冰川的底下。氣溫這時已接近攝氏零下二十度，蜜涅瓦睡醒，身體已冷得幾乎沒有感覺。為了保暖，她把斗篷拉起蓋住口鼻和下半邊臉。至於士兵，只感到肋骨之下，胸腔中只剩一團冰冷，透心徹肺，讓那近乎空白一片的腦袋，指揮着如殭屍般的身軀，機械式向前走。

蜜涅瓦嘴唇呵出溫暖的霧氣，趁着眾人意志薄弱，沒詫異她的舉動，向在高空盤旋的貓頭鷹招手。

貓頭鷹降落在她肩膀，她輕聲問：「還要多久才可以走出埡口？」

牠耳語：「不遠，日出前可到。」

「前方是甚麼地方？到了燈火國邊界？」

貓頭鷹歪一下頭：「不是……主人，那是一個叫魔窟的死亡地帶。」

蜜涅瓦茫然地眨着眼睛，甩甩頭：「不可能。」

她遣走貓頭鷹，使勁令馬匹向前奔，冰風披面，卻不減她的勁兒。她來到隊伍前方，擋在太子面前。

「前方是甚麼地方？你帶我去哪裏？」太子被她突如其來的動作嚇唬，怔了一怔。

「馬腹逃到了魔窟，我奉父皇之命討伐。」

「魔窟？我是要去南方燈火國，你幹嗎帶我到魔窟？」

太子啼笑皆非：「你以為，壁土國之外，就是燈火國？天下分五國，五國之間，起初互通，但魔族卻廣建魔窟，操控亡靈大軍把守，分隔各國，封閉往來的通道。」

蜜涅瓦此時內心的疑惑到了極點：她和火火受命於蓋亞，前往燈火國取甘泉作為水引。以兩個平凡少年之力，怎能橫越魔窟？蓋亞，又怎會不知道？是不是，她對他們的試煉？

「我們有大軍隨行，要穿越魔窟，並非難事。」太子趾高氣揚，馬匹快步奔前。

這時，前方有步兵忽然面色發青跑回來。「殿下……殿下！」

太子皺眉：「有甚麼好慌張？你是二十先鋒隊的一員，大概進入魔窟一帶了吧，快報！」

步兵才聽到「魔窟」兩字，身體抖顫，用手捂住雙耳，亂叫亂跳。

在旁的士兵看見，無不驚惶失措，詫異地張開嘴巴。

「來人！帶他到一旁，別亂我軍心！」太子呵斥。「找兩個人，跟我去看看。」説畢，他和他的侍衛一馬當先。

蜜涅瓦心生好奇，亦尾隨其後。但見埡口出處，有幾十株古樹盤空，樹枝怪異嶙峋。樹下空無一人，卻見血流成河。蜜涅瓦大驚，馬上合上眼睛，良久，她終於鼓起勇氣睜開眼睛再看。但見太子和侍衛在前方查看，太子問：「發現任何武器了嗎？」

侍衛躬身：「沒有。只有我軍的武器：二十支劍，散落一地。」

樹枝上滴着血，一具具屍體被掛在樹上，藏在枝頭。「他們是被拋上半空，經樹枝插穿心肺而死。」説到這兒，連太子亦不禁一陣顫抖。「是亡靈大軍，他們在森林裏無聲潛行，一般人甚難察覺。」

金太傅説過，亡靈大軍力大無窮，會無聲無息逮住你。他們先會抓住人類的脖子，用指甲捏入皮肉，然後向他們的鼻孔噴出一口冷得跟玄冰似的屍風。吸了屍風的人起初會發抖、牙齒打顫、兩腿一伸。只消一會兒，它便會鑽進全身血脈，填滿身體，過不了多久就沒力氣抵抗，渴望坐下休息或小睡片刻。到最後完全不覺痛苦，只是渾身無力，昏昏欲睡，然後一切漸漸消逝。

大祭司在通天塔的神廟中，目不轉睛地監視大水晶球中的這一切。他一直看着，從太子率大軍進入埡口，到步兵陣亡。

魔窟的所在，原本是漂亮的森林，但在魔念影響下，由魔氣遮天直接擋住了這一帶的天空，整片土地上空是無數的血蝶。森林和河谷被血霧包圍，被恐怖腐敗所取替。魔窟地帶，一片陰暗，濃罩腐敗氣息的濃霧，陽光完全無法照亮四周的任何景物。四處都是被焚燬的屍花和血蝶，只有鬼火和無盡恐怖。這片土地充斥着黑魔法，尤其通天塔附近，如果人類太接近，會使人陷入昏厥迷陣。

大祭司建這座通天塔的規模十分宏大，在許多層巨大的高台上，這些高台共有八層，愈高愈小，最上面的高台建有魔廟大殿，裏面沒有神像但金碧輝煌，由深藍色的琉璃磚製成並飾以黃金。魔廟能緩慢旋轉，在轉動時可看到不同方位。牆的外沿建有螺旋形的階梯，可以繞塔而上，直達塔頂。外牆及塔樓有許多的窗戶，但也沒有光線透出。

大祭司雖然身為魔族首領，但喜歡舒適奢華，通天塔內部並不如魔窟恐怖。廟裏一個密室，沒有人知道裏面藏着甚麼秘密。魔族其他人，只得進入魔殿主廳，為大祭司服務和聽取他的教誨。他們從人類手中洗劫黃金，神廟內所有魔像都是純金所鑄，除了最高靈體，誰能享受如此禮遇？

他的最終目標，是天下人都需要得到他的庇護。不但為了取悅他，換取他的恩典，而將一切敬獻給他；而是，一種存在意義。他的存在，和世界共生。只有他，能主宰神界、人界和魔界。

在水晶球中的太子，早是他囊中物，不是今天，而是，早於十七年前……他那灰白的長髮下，掩蓋不了雙眼貪婪的邪念。

第九章

火火

圍捕敵方的亡靈大軍，彷彿接收到甚麼信號，一湧向前，把樹下的步兵全部殺死。一片死寂之中，血雨紛飛，好一場冷酷屠殺。火火閉上眼睛，他聽見遠遠傳來他們漸行漸遠的談笑聲，鋒利一如冰針。

火火一直把自己藏匿在一根枯竭空心的樹幹裏。亡靈大軍靠嗅覺追捕生命，他們可以憑藉血腥去尋找獵物。這些都是那位在甘棗山被囚禁的女神，預先告訴他。在進入這片地域之前，他已經服下藥草，短暫掩飾自己體內的血液味道。

在亡靈大軍離開之後，他離開枯樹。荒涼的異域，四下無人，他看見前方有一道白影閃過。他的馬兒太有靈性，在進入魔窟地帶前，站在埡口一株樹下吃草，死也不動。他只好徒步而來。如今雖未知前方是甚麼，但總比自己一個待在這兒好。萬一，亡靈大軍回頭發現他，那就必死無疑。

他當時並不知道，如果他沒有離開，便可以與蜜涅瓦在此地重逢。

他追蹤白影逃跑的方向，一直跟着來到了一個湖盆地。這盆地四周地形的水平高度要比它自身高，在中間形成一個低地，並聚水成湖。大部份的水來自地下湧泉，另外，亦有水滲透進石灰岩，成為暗流。從深藍到淺灰，湖水呈現甚麼顏色，要看湖水深度、水中礦物質及有機物質比例，以及陽光的角度而定。

這裏地面有石灰岩山谷和周遭到處是烏沉沉老木翳天，枝柯交纏，水氣森森，石涼苔滑。從石灰岩地表就能看得到水蝕交互作用，以及石灰華這類多孔岩石，如何與藻類、苔蘚和植物交互生長，形成一個詭譎的生態體系。

在他沉迷於研究湖盆地的石灰岩時，有一雙眼睛，從叢林中的葉影間閃爍地窺視他。

「是誰？」他察覺到有點不妥。這雙對他虎視眈眈的眼睛，又躲藏在黛綠的葉影之後。他不安地走近，卻甚麼也看不見。他惶惑地伸手向葉叢中探個究竟，指尖穿過硬邦邦的葉面，觸及一團毛茸茸的東西，他嚇一跳，馬上縮手。

就在這時，一張人臉在他頭頂上方冒出。他這才發現，剛才觸手以及的，是一隻動物的腹部。滿滿都是白色鬃毛，然後，他抬頭，但見眼前是一個男孩，不，嚴格來說，他只有半個身體是人類，下半身卻是一頭馬匹。對方體型比他高大，年紀看來和他差不多。

火火一臉驚愕，他的腦海中浮現出兩個字：「馬腹」！他想起在甘棗山曾醫治的戰士，他們被咬斷了手被咬斷了腿，皮肉被撕開，傷口中毒。一個個面如死灰，嘴唇發青，全身顫抖……

他不由自主後退兩步，對方卻趨近，探出整個身體，走出陽光之下，白色皮毛在陽光下閃爍着銀光。火火害怕地瞪着他：「你想做甚麼？」對方眨眨眼睛：「這不是應該由我來問你——你為甚麼跟蹤我？」

火火怔了一怔，剛才，的確是他追着他而來到這片湖盆地。「我沒有惡意。」他想說，自己只是好奇，但卻慌張起來，甚麼也說不出來。

對方平靜地看進他的眼睛，良久，才問：「你叫甚麼名字？」火火非常詫異對方似乎不帶一點敵意，這實在和他想像中的馬腹不太相同。他訥訥地回答：「火火。」

「你好，火火。」對方歪着頭看他：「你一個人類，獨個兒在魔窟地帶遊蕩，似乎有點危險。」火火沒想到對方不但沒打算傷害他，反而擔心他的安危。

「我也是迫不得已……」對方一點惡意亦沒有，火火覺得即使把事實告訴對方，亦並無不可。由於心裏害怕，他於是只能結結巴巴說出，自己的來歷，和南下尋找水源的目的。

白馬腹聽着，眼睛閃亮地看着他，然後，他對他說：「你跟我來。」

火火跟着他優雅的四蹄之後，一步步深入煙霧迷漫的叢林。這時，火火止住腳步。他看見為數接近四五十隻的馬腹紛紛抬起頭，警覺地瞪着自己。

「你為甚麼帶這人類回來？萬一他的氣味吸引了那班妖孽，就會很麻煩。」一隻高頭大馬的灰毛馬腹，一馬當先來到他跟前，想伸手扼住對方的頸。白馬腹擋在他面前：「你嗅嗅看，他身上沒有吸引亡靈大軍的味道。」灰馬腹先呆了半秒，仔細地繞着火火轉了一圈，確認空氣中沒半點人類的氣味。

「為甚麼會這樣？難道，他不是活人，而是亡魂？」

火火搖手：「我是活生生的……」他覺得對方和白毛馬腹不同，眼裏充滿疑慮。白馬腹向灰馬腹說：「他的存在，或許關係我們一族存亡。」

火火眼睜睜看着他的族「人」，對他流露出難以置信的神色。

灰馬腹咧嘴：「我才不信這小鬼有這本事；你未免太容易相信人類。」旁邊有一隻黑色馬腹，厲聲說：「大膽！雷武你怎能莽撞師傅——奇龍大人？」

奇龍？火火一聽，腦海如被猛然敲醒。奇龍，是被囚在洞穴的女神，口中那位溫文爾雅，擅長醫藥、音樂、卜筮、狩獵和各種各樣的知識，能文能武的英雄？他的年紀，才不過跟自己一樣，真正少年出英雄！

「沒關係。」奇龍並未動氣：「雷武是出於謹慎，我們理當如此。這小子因為吃下藥草，才騙過眾人。我觀察過他，他的確是一位神農：他不但懂得用藥草，而且我剛才發現他對大自然很感興趣。一個與自然為伍的人，不會懷有歹心。而且，他此行目的，是南下去尋找甘泉，復活我們居住地的水源，是一大善舉。」

雷武向奇龍俯首，然後朝黑馬腹說：「佛諾，你實在太迂腐，師傅教我們，要懂得批判性思考，並非盲從。」

佛諾不惱不火，毫不在意；火火心裏佩服他的修為。奇龍吩咐他帶火火到後面休息。火火看見其他馬腹都散開，眼前出現一個龐然樹洞，內裏通空，大得有如一所房子。佛諾告訴他，魔窟地帶因為魔障深重，綠樹難生。因此，才有如此多死樹的軀殼，成為人類避開亡靈大軍的藏身地。

「他們會襲擊你們？」火火問。佛諾搖頭：「我族善戰，如非必要，他們不敢來犯。」

火火若有所思。佛諾微笑：「有甚麼想知道？」火火心裏一震，此人有異能，彷彿能讀心？佛諾再微笑：「我的本領，比照起奇龍大人，實在九牛一毛。」他繼續說：「你想知道：奇龍大人如此年輕，我們為甚麼會跟隨他？」火火詫異到極點，卻不懂如何對答。佛諾再次微笑：「他並不年輕，他已經超過千歲。」

火火當下呆住，難以理解，這位看上去和他一樣大的小夥子，竟是人瑞。佛諾點頭：「他在很年輕的時候，已受上天祝福，所以不老不死。」

火火恍然大悟，天下智慧，皆由歲月累積。奇龍看盡一千年日出月落，自然通曉萬事萬物。

火火想念起蜜涅瓦，他抬頭，深深吸一口氣，問佛諾：「一路上，你們可有見過一位和我差不多年紀的女孩？」

佛諾搖頭，火火的內心，有一點悵然若失。

第十章

蜜涅瓦

這天，蜜涅瓦夢見火火。夢中，她身處一個奇幻又詭譎的「迷林」中，她先看見摘仙湖，然後是忘憂叢林、溪頭神木，最後是竹山天梯。在天梯下，她看見一個背影，一個很熟悉的背影，漸行漸遠……她很焦急地向上高叫：「火火！」他回頭，一臉灰白，木無表情，向她道別。

乍醒，香汗淋漓，她不肯定臉上的是汗水還是淚水。

她認識火火很久。他心地善良，但個性鬱悶、悲觀，愛鑽牛角尖。而且，只會習慣性思考許多負面的景象或壞事。做事態度消極，常常在做出決定後又打退堂鼓。今次明知路途危險，說不定是丟下自己逃跑了！他壓根兒從沒想過，要正面應對恐懼。

如果剩下她一個人，是否仍然繼續執行蓋亞囑咐的任務？如果，連她都空手而回，大水源頭是否從此乾旱，百物枯涸，人畜盡亡？

這時，太子的冷酷面容，忽地浮現她腦海裏。雖然他冷漠得可以殺死一頭火龍，但接連兩次在危急關頭，他都救了她的性命。也許命中注定，她在途中遇上太子，這不如跟隨大軍南下，圖個照應，見機行事。

夕陽餘暉照在她臉上，她睜開眼睛，準備起床。太子的前鋒自從遭妖孽襲擊，大隊退守往埡口下的平地駐紮。一個個軍營在草原上被熏染成鹹蛋黃，蜜涅瓦獨個兒走到樹林後方，她抬起臉，看向迷幻藍天，橫向伸出右手手臂。一隻雪白的大鳥展翅而下，轉眼便降落在她雪白的臂彎。

「前方情況如何？」她問貓頭鷹。牠回答：「魔窟幅員遼闊，如果太子的大軍想勉強通行，恐怕凶多吉少。」

「難道，我們真的沒其他方法前進？」她愣愣地出神。貓頭鷹眨動眼簾，眼珠一溜，便說：「我飛往附近的雪山和峽灣查看，發現從雪山上始發的溪流，沿山川而下，穿過國境，離開魔窟，再向南方燈火國直奔。」

蜜涅瓦眼裏綻出一絲亮光，看向貓頭鷹：「這就是方法！」她馬上跑

往太子的帳篷，在營外的左右兩位士兵，交叉銅劍，擋在她鼻尖前。「止住！你想進去？」蜜涅瓦退後兩步，說：「請通傳太子，民女蜜涅瓦求見。」

「深夜禁訪，太子已就寢，你請回吧。」「傍晚剛至，他怎可能已睡？明明帳內燈火通亮！」蜜涅瓦精神抖擻地反問。「是誰在吵？」帳內傳出太子的聲音。

「是蜜涅瓦，有妙計呈上。」她趕緊向帳內叫喚。

「傳——」士兵的銅劍，應聲分開。她掀開帳篷，但見太子正襟危坐，雙手捧着頭，垂下眼睛審視羊皮地圖。

「有甚麼事？」他頭也沒抬起，眼珠專注地在地圖上游走。

蜜涅瓦優雅地向他俯身，然後，說：「我有辦法令大軍通過魔窟。」

太子抬起臉，他的目光和蜜涅瓦接上，四目交投。

住在壁土國的人，都懂得渡河。人們將樹幹、竹竿和蘆葦等捆紮成筏，再用獸皮做成皮筏，在水上漂行。按照捆紮的原理，製作比較容易，載物量高，行駛平穩，不怕水淺流急，是很好的水上工具。

太子吩咐士兵，就地取材，以附近的山羊皮為原料，宰殺後不開膛，由頸部開口，將羊皮脫下，用水浸泡三天，至有異臭味後取出晾曬一天，去毛洗淨，剩下原皮。然後灌入草藥浸泡，加麻子油，將羊皮的頸部、四肢用草繩紮緊，繼續在烈日下曝曬，四天後油質浸透羊皮，呈紅褐色後，士兵吹氣成囊，一個個在空中脹鼓鼓的飄揚。

士兵又把樹幹、竹竿和蘆葦橫向排列，然後用野藤、草繩、皮條捆紮起來，紮成長方形框架，在框內綁上皮囊，成為浮筏。十天之後，大軍將最後一艘筏子放進水裏，蜜涅瓦和太子站在岸邊點兵。

「幸好你告訴我，這條河從雪山上始發的溪流，穿過魔窟，向南方燈

火國直奔，再流入南海。如此，我們可以用水道，避開亡靈大軍。」太子高興地看着她。

蜜涅瓦淡然地看向大河整齊排列的六艘筏子，每艘有十位士兵：「軍行水道，大河在旱季及雨季的流量變化極大，所以主幹流有不少激流及瀑布，大軍到時亦要見機而行。」

太子問：「你童年時的事，仍然記得？」蜜涅瓦點頭：「我記得。燈火國在下游，途中有一個很大的淡水湖，小時候會和其他孩子在湖上游泳。當時的家人說，湖水出口是另一主河道，沿河道下行，可見九個入海口，有飛龍出沒，故那地方又叫九龍江。」

「有龍的地方？」太子臉上浮現起一陣悵惘。蜜涅瓦心思細密，想到他有所憂慮，說：「殿下無需憂慮，我小時候牠們已絕跡。」太子看着她清澈的眼睛，忽然心裏但覺一絲溫暖。「不知道為甚麼，你好像比我父皇和母妃，更懂得關心我。」

蜜涅瓦愣愣地似懂非懂，太子繼續說：「我雖然是太子，但父皇彷彿從未把我看待為兒子。金太傅說他生性猜疑，總是怕我有一天會謀朝篡位。我是他的兒子，我不但不會謀朝篡位，更不相信他真會如此猜忌我。我尊敬我父皇，我深信他必定是因為國事太繁重，才未能時刻關愛我，別無其他。」蜜涅瓦聽着他自圓其說，不知怎地，反而覺得他比較像刻意說出來自我催眠……

蜜涅瓦微笑：「我相信，皇妃一定很疼愛你，加倍補償。」太子嘆氣：「她的確很在意我。從小到大，我到哪裏，交哪個朋友，吃了甚麼，做過甚麼，我的隨侍定必一一回報。她常說，她將人生所有都押了在我身上。蜜涅瓦，你的父母從前都是用這種方式愛你嗎？」她搖頭：「他們遺棄我給這裏的……」她硬生生把「天神」兩個字吞回肚子裏。她幾乎忘記，她本來是跟他說，自己幼時被野獸搶走，撫養成人。

太子交叉雙手：「他們一定很想念你；他們並非故意遺棄你。」蜜涅瓦憶起當年兩老在海邊送別時，難捨難離之情的確溢於言表。被選中的命運，他們亦是無可奈何。蜜涅瓦心情複雜：怎能對雙親的薄情既往不咎？但分隔多年，卻實在對他們無比思念。

「出發！」太子騎在白馬上，向大軍下令。蜜涅瓦這才回過神來。「跟着我！」他拉一下蜜涅瓦的馬，兩人雙雙跳上第一隻浮筏。

這時，他們當然完全不知道，大祭司看着水晶球裏的他們，這班坐在浮筏上的士兵，詭譎竊笑。

第十一章

附寶

女人的指尖捏着男人的肩膀，指甲深深陷進男人肩膊的肌膚裏。男人的背影不斷前後晃動，發出像野獸喘氣的聲音。他的十根手指，感受着像揉壓一團棉花般的綿綿觸感。

女人白皙手掌，緩緩滑過男人的左臂，無力垂下。陷於恍惚狀態的男人，猛然回神，倒吸一口氣。他的雙手，正緊緊捏着女人幼嫩的脖子。

男人倏地放開手，看着這個曾經是溫暖和軟綿的女人肌膚。她的身體驟然失去重心，披散長髮的女人頭顱，像斷了線的布娃娃向下墜，以匍匐的姿勢，伏在地板上。男人呆呆跪坐着不動，臉上一片濡濕。最初，他以為自己在哭，用手抹去，才發現那是皇后眼睛裏的血。

少典國君從夢中驚醒——

附寶看着她的夫君前額冒出豆大的汗珠，深沉地問：「是噩夢嗎？」

少典坐起來，大口大口喘氣，良久才說：「睡吧。」他披上鹿皮做的披肩，揚長而去，離開附寶的寢宮。少典經常做噩夢，每次做完噩夢，他都一定用力抱緊她。除了，這個夢。她不知道他的夢境內容，但她深懂察言觀色，少典每次夢醒都是如此害怕，而且會三緘其口，回自己寢室休息，一夜不歸。

嫉妒在附寶內心一點一滴滋長，經年累月，她覺得少典夢見的人一定是皇后。風吹過樹梢，像女人淒淒哭聲，在樹林間迴盪。

她記起那隻知更鳥。那一年皇后帶着剛出生的皇子，離開了少典。皇后離宮，附寶很想取而代之。她在森林遇上一隻知更鳥，對方幫助只是凡人的自己，騙過少典，成為能使用雷光的神族，順利成為皇妃。

她怕皇后復位，她將失去所有。所以派人到武羅的敖岸山上的𪂺，全部捉回來，但偏偏沒法懷孕。這時知更鳥再次出現，說：「附寶，不知道是你運氣太好，還是運氣太差，世上唯一的魔族領主，偉大的大祭師，

被你碰上了。」一股無比的撼動，衝擊附寶的腦海。附寶強作鎮定，回應道：「你是魔族領主？世上最強？」

知更鳥閃爍言辭：「偉大的大祭師，絕不會如此輕易出現。小東西，你很會說話。不過，雖然我不是大祭師，但是我也是……嗯……很強了。你不用擔心，雖然這裏是天神住的地方，但任何魔法，大祭師都可以通過我，發揮效用。」經牠如此一說，附寶想起了那次的轟天雷。

附寶的心深深沉了下去——

「我一個不起眼的小角色，大祭師有求於我嗎？」附寶心中冒出一個疑惑。知更鳥訕笑：「不！你還遠達不到這地步，你們一群螻蟻般的人類，大祭師並不在意。只是，他看到你眼中有超乎常人的強烈慾望。」

附寶吐出一口灼熱的氣息，說：「是啊，可惜馬上就要被廢位了。皇上已經得知皇后和兒子隱居的地方，他隨時可能接她回來。而我，到時連兒子也沒有，只能等待失寵的命運！」

少典就是這樣一種男人，直到失去後才會開始回憶和後悔，永遠活在過去裏，已經跟附寶在一起了，還是天天想念前度。皇宮裏，每一處都是他們兩人曾經去過的地方。他此生只會不斷回頭看，忘記珍惜與眼前人共度時光的當下。

知更鳥問：「你想留在皇宮嗎？」附寶不假思索地點頭，她不願意捨棄現在的榮華富貴。「那你想過用甚麼來交換嗎？」附寶沉吟道：「如果我生下兒子，將會是這土地上最強帝國的繼承人，只要你給我機會，或許我將來會給與你難以想像的回報！」知更鳥眨眨眼：「聽起來很有趣。但，你忘記一點。如果你生下兒子，他只是帝國的第二繼承人。」

被知更鳥說穿心底隱藏秘密的附寶，身體微微一震，不過他很快回過神來，說：「這樣的話，偉大的大祭師能幫我嗎？」

「你嫉妒女人，嫉妒她除了出身比你好，各方面都不比你強！你更恨這個女人，她的兒子將是你兒子的哥哥，對上他，你似乎沒有甚麼把握，你即使有一個繼承不了皇位的王子，基本沒甚麼太大的價值。

「你是一個命中注定的典型失敗者，我見多了。不過，他們有些人在大祭師的幫助下，已經走出了陰影。」知更鳥咭咭輕笑，言語間多了一些挑逗的味道。

和魔鬼……交易？她心中忽然閃現出這麼一個念頭，着實有些荒誕，不過仔細一想，似乎是一個重獲新生的出路。至於後果嘛？暫時先不考慮，沒甚麼後果比自己失去一切更重要。「她們兩母子是否永遠消失？」

知更鳥不置可否，沉吟道：「要向魔族借力量，你要考慮自己是否付得起那個代價。」忽然抓到這麼一個救命的稻草，她心中不禁感到一陣狂喜：「只要我能成為君王的母后，一切問題好說！」知更鳥笑道：「你就不怕背叛你夫君的神族嗎？」

附寶毫不猶豫回道：「那跟我有甚麼關係，只要我得到我想要的東西就行。」

「噢！大祭師果然料事如神，你的個性，最適合做魔族夥伴。」知更鳥哈哈大笑。「我答應你，賜予你力量，它不但會令你生下皇子，而且會慢慢改變你的體質和天賦，甚至是血統，進而提升你各方面能力。」

附寶暗舒了口氣，報以微笑。

「為了保證交易的公平性，你必須出賣你的靈魂，和我簽訂魔族契約，契約一旦生效，若違約，代價恐怕就大了。」

「沒問題。」附寶興奮得摩拳擦掌：「你會令她們兩母子……消失？」知更鳥點點頭。

「好吧！孩子，你敞開心扉，傾聽魔族的低語吧。」知更鳥化身一團黑霧，包裹住了附寶，繚繞的黑氣進入她身體，隨着呼吸，從臉上七孔進進出出。忽然，附寶臉上浮現痛苦的表情，隨即全身緊繃，緊張地問道：「發生甚麼事？」知更鳥不耐煩地說：「痛麼？只是暫時的，如果你這點痛都受不了，還幹甚麼大事？」

聞言，附寶咬緊牙關拼命堅持，可這感覺真讓人刻骨銘心，像是體內有萬千隻蟲子在噬咬她的血肉，麻癢和疼痛交織在一起，蹂躪身體各處的神經，生不如死。

然而，又是一陣猛烈的頭疼襲來，附寶悶哼一聲，雙手捂着後頸，眼前一黑，差點暈過去，於半昏半醒之間，似甚麼東西在後頸中灼燙而生……足足持續了好幾分鐘才停下來，身上異樣感覺漸漸消散，附寶一摸後頸，走到鏡子前方，卻發現長了一個黑色印記，正不斷散發出火辣辣的感覺。附寶捧着頸問道：「這是甚麼東西？」附寶把長髮放下掩飾它。

「魔族紋章，在我族它即是身份的象徵，你獲得了大祭師的力量，當然比那些低劣的人族要強得多。力量，我們已經賜予你了，你安心攫取你的權力，如果大祭師有要求，會透過紋章傳遞給你。」

壁土國的天空盤旋着旋轉的烏雲，平原上的突如其來狂風凜冽，只是吹在附寶臉上，反而有一股烘烘的暖意，滿目灰白色調，一片肅殺景象，落在她眼裏，卻是重生的賀禮。

第十二章 火火

「這森林的瘴氣殺了許多試圖探視的人，被人們視為天神降下的詛咒，我們已經到了迷林。」馬腹群中的領頭，奇龍看着前方摘仙湖。摘仙湖與遠方須彌山遙遙相對，中間是一片茂密叢林。天虞山下，沿海就是燈火國。

「叢林裏，好像有一些東西？」騎在佛諾背上的火火，向前方瞇眼探視，但見一些堆疊的灰色大石頭。

奇龍帶着幾十族人，走進迷林。眼前拔地而起，是形狀詭譎的石塔，披着歲月的濃潤青苔，感覺空靈。

據說，這迷林住了古老神明，他們是游牧天神，每五百年出現一次，建立自己的居停，然後，又去另外一個地方流浪。人類看見他們，把他們奉為至高無上，時刻敬拜，等待他們下次回歸。

圖騰、雕塑、殿宇，最精絕的藝術，最龐大的各種建築、雕塑，無不令在甘棗山長大的火火嘖嘖稱奇。這些美麗宏大的建築是何等巨大，根本不是人力所為，擁有奇絕的工藝，如果由人類興建，將會耗費太多年代，甚至往往一任君主的旨意尚未實現，要由另一任君主取而代之。

雷武一馬當先，走到巨樹之間，發現一座很精緻的殿閣。面積不大，但「靈氣逼人」，殿外大部份區域都被青苔和像觸鬚一樣的樹根盤蓋，石樑沒有崩坍，歲月紋風不動。石牆上鋪滿苔痕，但中央有一個仙女雕像，彷彿凝視着千古成空，沉寂得教人神醉。雷武一臉神往，別轉頭問奇龍：

「老師，你可見過她？」

奇龍雙目罕有地隱現一絲淒然，他嘆氣：「艾莎華，她是游牧天神中的仙女。很久以前，據説有一瓶能讓人長生不死的甘露，埋藏在須彌山下的乳海，神族和魔族必須合力把乳海攪乾，才能獲取長生不老的甘露。一眾分別列隊，拉着九頭巨蛇，魔族拉着巨蛇的頭，神族則拉着巨蛇的尾，

利用中間巨蛇的身體，作為翻騰乳海的巨纜。神魔合力，握着巨蛇翻騰乳海。可是翻騰了千年之後，乳海攪乾了，因摩擦產生的高熱也使水異常沸騰，乳海裏的魚蝦生物紛紛死亡。甘露終於出現，卻先在魔族這頭湧現，魔族正要飲用時，天空突然出現飛天仙女，飛天仙女有着曼妙姿態，跳出誘人舞蹈，魔族看得呆了，居然渾忘長生不老的甘露。神族趁着魔族魂不守舍之際，搶過甘露飲下。眼看甘露要被神族喝完，其中一個魔族，化身為神仙，混入列隊也喝了一口甘露，甘露還沒喝到肚子裏，還卡在喉嚨，被天上的日神月神看出來是冒牌的，立刻砍下他的頭。這個魔族的身體雖然死去了，但頭部因為已經喝到了長生不死的甘露，所以頭顱並沒有死去。他將艾莎華封印在一個沒有人知道的地方，自己亦逃亡到魔窟裏去，銷聲匿跡。所以，遠古的神族，都擁有長生不老的能力。」

一個仙女的千古凝視，美麗不可方物。雷武怔怔地看着石雕，難怪令魔族大失方寸。「被幽禁？」火火呆呆地聽着，彷彿想到甚麼……

「天色向晚，火火，你不如到殿裏休息。我們等明天再出發吧。」奇龍亮聲，打擾了他的思緒。

殿裏漆黑，他找到庭園後方一個石洞，才坐下方知道，自己雖然是坐在馬腹背上，不用走路。但連續五天，日以繼夜趕路，避開魔窟的亡靈，實在身心俱疲，倒頭便睡。

夜深，忽聞外面有廝殺聲。他驟然睜開眼睛，心裏發毛，怕是亡靈大軍偷襲。但是，奇龍説過，亡靈大軍一般不會攻擊馬腹。他害怕地躲在石洞，不敢探頭出去看。這時，他腦海裏閃過蜜涅瓦的説話，她曾經説，他在深山終日埋首農務和採集藥草，並非因為他醉心這些工作。而是，他不喜歡離開自己的安全地帶。他整天擺出一副事不關己不勞心的樣子，實在是為了掩飾他的膽小。

沒有人會承認自己的懦弱，他不認同蜜涅瓦的說法。他覺得，凡事應該量力而為，不能強出頭。如果今次不是蓋亞要他南下尋找甘露，他才不肯踏出深山。他還要等待遇上當年救他一命的戰士，他本來還想留在崖上照顧那位被軟禁的女神……

「快走！」佛諾氣急敗壞跑來，一手把火火揪起，放上他背上。火火在黑影樹蔭下穿梭，佛諾飛快疾奔，樹上的葉子都在火火的手臂上劃過一道道紅痕。他內心的疑慮升至極點：馬腹族群個個魁梧強健，到底還有誰敢追殺他們？

他們和其他馬腹失散，來到一間偌大的神廟。這裏為方形格局，規模比剛才那仙女殿大得多。神廟內外共四層，呈十字形往四方放射，共有十九道門，四通八達。神廟有四個入口，門廊深幽，有蓮花圖案，直通庭園中央一座石碑。石碑上有一呈凹陷橢圓，內有一把銅劍，牢牢插在石基上。

火火指着說：「佛諾，你看，這把劍和我們壁土國鑄造的完全不同。我們的劍身一般較短，形狀就像柳樹的葉子，製作也比較粗糙。但這劍看上去手工精巧，不像是凡人能煉……」佛諾一瞄：「果然是好劍，既然在這殿裏，說不定是神明所造。」他快步趨前，一手握住劍柄，用力一拔，卻竟無法把它拔出。這時，人聲鼎沸，四個入口火光熊熊，士兵在外面包圍了神殿。

火火大驚，佛諾一時亦反應不來。火火眼見士兵衝進來，自己手無寸鐵，本能反應伸手向石基上的銅劍一抽。頃刻，石基化成幾道金色裂縫，火火輕而易舉把銅劍握在手中。

佛諾和火火怔了一怔，但沒來得及細想，四路士兵已衝進來。佛諾情急智生，見庭園放滿層層疊疊的石雕，他大呼：「坐穩！」後腿用力一蹬，三步併作兩步，躍然於神殿圍牆，再跳下直奔入叢林。

「豈有此理！」後方傳來鋭利的怒吼。説時遲那時快，「嗖」一聲，火火但覺左耳上的髮絲被掠過，眼前佛諾的左肩已中了一箭。火火回頭，看見一位披着披風，騎在馬上的男人，正準備向他們再發一箭。「小心！」他大叫，亂揮手中的劍，居然把箭擋住。佛諾忍耐着血如泉湧的傷口，靈巧地竄進叢林的水潭旁邊。

佛諾前腳一跪，按着左肩，痛苦地匍匐在地上。火火四周察看，南方草木和中土不同，他找不到慣常用來治刀傷的藥草。焦急之際，他忽然看見水潭中有很多魚，形狀像普通魚，但身體卻拖着一條像蛇一樣的尾巴，腦袋如同鴛鴦的鳥頭。他記得，曾聽甘棗山上的神農説過，這叫虎蛟。吃了牠的肉，就能使人治癒瘡毒。他看了看佛諾的傷勢，沒傷及要害，止血不難，難在箭傷能引發炎腫，恐有後患。消瘡毒和解炎症同理，可以一試。

他活捉虎蛟，用石塊打暈牠，然後徒手煎魚皮拆魚骨，用刀切開鮮魚片，送到佛諾嘴裏。他熟練地一邊拔出箭頭，一邊包紮傷口。佛諾閉上眼睛小休，火火到水潭低頭去清洗手上的血漬。

這時，脖子上忽然一陣冰涼，是刀鋒上的觸感。「別動！」低沉的男人聲線在他身後響起。佛諾聞聲馬上睜開眼，但見自己的頸上同樣擱着一把利劍。

火火慢慢轉身，眼前的男生比他稍微年輕，風姿綽約，一臉傲氣。

他身後的士兵說：「殿下，是否就地正法？」

火火驚懼地看向佛諾，他氣若游絲。男人舉起劍正想揮下之際，他的目光觸及睜眼看着自己的火火，內心忽然有一種難以言喻的惻隱，連他也不明白的奇怪感覺。

轉念之間，他停住懸在半空的手：「先留活口！」他收起劍。

第十三章 蜜涅瓦

夜未央，蜜涅瓦今夜覺得營帳內外好像特別平靜。她走到受傷幾位士兵住的營帳。「好一點嗎？」她蹲身看看躺臥在地上的士兵，他們的臂上都是被尖牙撕噬的傷口，是由水中一種叫蠱雕的半鳥半獸做成。牠們活躍於南方河岸，依水而居，形狀像普通的雕鷹，頭上長角，發出的聲音如同嬰兒啼哭，是會吃人的猛獸。

沿河而下的大軍，漂流了三天，看是已經離開了魔窟地帶，忽被這些蠱雕突襲，幸好及早發現，太子於是下令大軍上岸。

從河川漂流那段日子開始，蜜涅瓦覺得自己一直被太子控制。她發現太子會經常有意無意監視她。到被她識穿時，會緊張臉紅，佯裝低頭或轉移目光。日間是蜜涅瓦的睡眠時間，有幾次，她在浮筏上打瞌睡，一晃一晃，到醒來時，發現太子未經她同意，便把她放在浮筏中央。有一次，河灣有急流，太子粗魯地把坐在浮筏邊緣的她一下拉回內側。她按着手臂大呼痛楚，太子卻視若無睹。到後來，他甚至向士兵打聽，她吃飯吃得好不好等等。上岸之後，他每每親自把她送到營帳才離開。

雖然太子似乎不容許她離開自己的視線，但畢竟兩人都不是喜歡說話的人，大部份時間都只是安靜相處；蜜涅瓦倒不覺得太大反感。而且，路途遙遠，她的確需要他的保護。

這夜，是難得一次，她看不見太子的蹤影。他去了哪裏？

蜜涅瓦離開傷兵住處，獨個兒返回自己的營帳。就在這時，她聽到人馬紛踏的聲音，從軍營外漸行漸近。

太子一馬當先，走到她面前停下。

「你到哪裏去？」蜜涅瓦抬起如水清澈的眼眸。太子愣住，良久才回神。他紅着臉回答：「我們……找到馬腹，突擊他們一個措手不及。」

蜜涅瓦點頭：「嗯。那麼，他們都死了？」

太子搖頭：「這班殺人的猛獸跑得太快，我軍又不熟識森林，給他們逃跑了。」

蜜涅瓦失望地說：「真可惜。」

「但，我們捉了兩個。一個是人類；一個是馬腹。你想見見嗎？」

蜜涅瓦見大軍後方拖着兩個黑影，又聽到士兵在呼喊，催促他們前進。這時，她的目光觸及走在前方一個個士兵頭破血流，臉上血漬斑斑，聯想起在魔窟見過的血淋淋的屍骸，忽然覺得一陣嘔心。她本來就只是一位不食人間煙火的神殿侍女，過着刻板和平靜的生活，不習慣看見血腥。

「如果沒有其他事，我想先走。」蜜涅瓦頭也不回離開。

然而，她並沒有看見，在她別過臉的一刻，面如死灰的佛諾被拉着前行，一步一掙扎，剛好擦身而過。而緊隨在他身後，不是別人，而是垂着頭，木無表情的火火……

蜜涅瓦回到營帳；而太子的營帳，剛好在她的旁邊。夜深人靜，太子的連夜敲問，她聽得一清二楚。

「把他帶上來。」太子吩咐士兵。佛諾四蹄被粗麻繩纏綑，雙手被反縛，左肩如被火灼一般痛楚，被押進營帳。他看見這個把他射傷的人，恨之入骨，眼裏驟然升起平日絕少出現的怒火。

「看你這種像要把我吃掉的眼神，人類看到，一定感到很害怕。」太子交抱雙手，站在中央。

佛諾一愕：「你是神族？」太子點頭：「我是壁土國的繼承人。」

佛諾搖頭：「沒可能！神族從來不會追捕我族。」

太子大聲斥責：「若非你們踐踏人類的村莊，父皇怕你們成禍患，加上天降凶兆，我們才不會展開追捕。」

「你們想趕盡殺絕？」

「你們是禍根，當然要殺戮。否則，天下大亂。」

佛諾乾笑：「你這太子真是無知！就連山野的年輕人，都知道天降凶兆非指我們馬腹一族，而是另有原因。再者，我們從沒刻意謀害人類，只是路經田野時，先遭受村民追打，加上有戰士攻擊，我們才會還擊。」

太子悶哼：「你現在是階下囚，當然懂得自辯。我軍戰士被你們所傷，如何算賬？」

佛諾肩傷疼痛，實在沒力氣和眼前這個趾高氣揚的太子爭拗：「我族已經遠離壁土國的國界，與你再無瓜葛，請不要再糾纏我族。至於算賬，如果一定要抵債，就把我殺了用來償還吧！」

太子沒料到這種在他眼中的冷血野獸，居然義薄雲天，心裏不禁有點兒敬佩，態度反而軟化下來。「你剛才說甚麼天降凶兆非指馬腹一族，而是另有原因？」

佛諾撅起嘴角：「怎麼樣？想知道自己有甚麼比不上山野少年吧？」

太子揚眉：「你口中的山野少年，是和你一起的人類？」他向帳營外叫喚：「來人，把那個人帶來。」

「諾。」士兵步伐急速走去。

沒多久，一位男生被帶進來，他看見被綑綁的佛諾，心裏一酸。若非他要帶上自己逃亡，說不定早就跟上馬腹大隊跑掉。他內心非常自責：「佛諾……」

太子亮聲：「你為甚麼與這群野獸為伍？」

火火收起悲傷的心情，抬頭面向太子，卻不發一言。

「放肆！」太子旁邊的侍衛怒罵：「你快回話！」

「草民叫火火，如果不想天下大亂，請殿下立即放我們離開。」火火用平生從未如此堅定的語氣，向太子說。

此時，有兩個人當場呆住。一位是沒想到眼前這人會提及天下大亂一事的太子；另一位，是在隔壁營帳的——蜜涅瓦。

這聲線是何等熟悉！她想也沒想到，在她幾乎快要忘記他的時候，他說話的聲音會忽然在自己耳邊響起。

第十四章 太子

在忘憂叢林發現馬腹的蹤跡之後，太子就想到要把他們一網打盡。然而，他們太狡猾，而忘憂叢林中又有很多神殿作為掩護。這夜，他們本來是徒勞無功。還好，他們發現了這兩個人。

從火火進入營帳的一刻開始，他的心裏便升起一種莫名其妙的不安。為甚麼馬腹族群會和他在一起？他看着自己的時候，彷彿無所畏懼？

這令他想起一個和他一起成長的侍讀。那孩子和他同齡，但無論讀書練武，都比自己出眾，就連極少稱讚自己的父皇也時常稱讚他。身為下屬，能力和影響力等方面超過了主子，他有生以來第一次感到受威脅的不舒服。在父皇面前，可供表現的舞台是有限的，所以侍讀有了表現機會，就等於我失去一個表現的機會。雖然他永遠不能動搖自己的地位，但他卻不能自已地厭惡這同伴。年少時的他，當然不明白，凡處於君主之位的人，都有一種較強烈的支配慾。然而下屬能力若超過君主，就會擁有更多的獨立自主性，如此勢必與君主的支配慾相牴觸。在既有支配慾，又有支配權的情況下，他必然要對這種下屬的行為進行「規範」。因此，他開始把侍讀投閒置散，每天只讓他躲在書房做一些打掃圖書的雜務。直到有一天，侍讀忽然在午餐時暴斃。後來，他才知道，是他母妃所為。她當時說：「勇略超過君主的人，對其君主便構成一種潛在的威脅。若你逐漸感到威脅加重，基於維護王權，我必須替你除去下屬。因此，不管下屬是否有意威脅和取代君主，他都難逃厄運。」

如今，他在火火臉上，看到的正是當年和侍讀相同的眼神——充滿睿智。他的內心，被重重的撃碰了一下。

「天下是我父皇的，你憑甚麼大放厥詞？」他傲慢地問火火。火火抬起頭：「你若是壁土國的太子，可夠膽跟我打賭？」

太子見火火手無縛雞之力，說：「要鬥競的話，恐怕你不行。」火火點頭：「對，所以，我們要競賽的，不是搏擊，而是最快走出眼前的忘憂叢林，先到溪頭神木者勝。」

太子心想：一刀解決火火，本來輕易不過，但他在火火臉上，彷彿看到侍讀當年的得意，很想挫挫對方鋭氣，之後殺他亦未遲。如此，也許證明了多年來，自己並非略遜一籌。

「可以。」太子指着佛諾說：「但他要留下，你不能和他一起進入森林。」他怕火火使詐，會和馬腹逃走。

火火一愕，他心中的計劃泡湯了。他佯裝鎮靜地回答：「沒問題，但，你亦必須單獨行事。」

太子滿有自信：「好。」他吩咐旁人把馬腹押送到牢帳，然後說：「明天一早，我和這人出發。大軍無須拔營，原地留駐。」他沒有理會旁人的阻止，堅持單人匹馬，前往忘憂叢林。

東邊的天空泛起魚肚白，不久太陽也升起來了。昏睡狀態中的太子，霍然起床，記起和那平民的約定，馬上喚人幫他穿戴，整裝待發。他掀開營帳的門篷，耀眼的陽光刺眼，他本能地閉上眼睛，眼前一黑，想起一個人。他忽然很想去告訴她，自己會離開幾天，叫她好好吃飯，好好休息？可是，她喜歡晝伏夜出，現在這個時候，應該好夢正酣。他將轉向蜜涅瓦營帳的腳步止住，掉頭往牢帳走去。

他看見火火一早就正襟危坐牢帳之外，被草繩綑綁的雙手，擱在大腿上。此人閉起雙眼，被懷抱於晨光下，彷彿一個年輕的智者。太子當然不會知道，火火提出鬥競，並非真的為比賽，只是為爭取多點時間：火火深信，奇龍一定會想辦法救出他和佛諾。而在森林行走，是火火找回自我最純真、最純粹的心。在甘棗山成長，每天用雙腳踏着泥土，讓汗水濕透衣襟，遠離村落喧囂。

在太子眼中，根本不把火火當一回事。他好勝心太強，無意中把對方真的當成是那位兒時的侍讀；那位永遠沒機會長大跟他鬥競，證明自己是強者的孩子。

他命人把火火押下跟隨，自己帶着皇祖父的太昊劍，來到忘憂叢林入口。晨曦中的森林被煙霞包圍，金光破雲而出，如霧裏看花，襯托藍得難以置信的天空，實在美得不可方物。

火火和太子分別向東西不同方向走進去，溪頭神木應該在森林盡處的出口。

忘憂森林隨處可見高聳的林木，圍繞四周，是一大片原始森林，筆直的杉木林佈滿了原生植物的自然生態，這一帶雨量充足，形成淤積沼澤，杉木林因長期泡水而枯死，也因此形成了森林的詭異景觀。忘憂森林腹地很大，枯杉簇擁向天，雲霧裊裊更增添其忘憂的意象。

山路高低起伏，有陡有緩，偶爾遇到幽陵也是消耗大半體力。如果是平常狩獵，太子不必擔心太多，因為，在森林裏，累了就在路邊休息，體力調整好就可以繼續走路。如今，他是競賽，必須盡快找出捷徑。

森林裏佈滿奇怪的石雕和殿閣，漂亮的居停卻沒有一個人住，感覺有點詭譎。這時，在轉角處，他看見一間小神殿，門外的樹葉都被打掃過，顯然是有人在居住。他心中一動，想進去問路。

這看來是一間店舖，一位男子在堂內打點貨物。他賣的是草藥，一大紮一大紮充斥滿整個空間。草木叢生，加上貨物纍纍，太子進門，中年男人半身都藏在一大堆枝葉當中，只是點頭向他招呼了一下，就又去擺弄他面前的一株植物了。

太子快速打量店舖中的各種植物，他不懂藥理，但這裏的植物他幾乎都沒有見過。太子開口問這男人附近的路怎麼走。

男人也沒不耐煩，放下手中的植物，用手給他比劃起來，叫他向前方走到分岔路，看見大杉木，再往……

他一邊說，一邊擺弄手中的植物。

太子這時，注意到眼前很多稀奇古怪的植物，他都是第一次看到。

男人見他有興趣，便介紹說：「這是能分泌毒液的草，內部蘊含腐蝕性酸液的藤蔓，是強韌無比的雜草；這是質地堅韌的樹木，是附帶麻痹神經毒素的帶刺灌木；有汁液能被嗅覺靈敏的動物聞到，但人類卻無法察覺的花，它的果實會爆散出無數讓人奇癢無比的絨毛種子。」

「這些特殊效果的植物，聽來還滿可怕的……」太子話未說完，但覺昏昏欲睡，頃刻沒有了知覺。

男人眼中閃過冷凍的狡黠。

第十五章

火火

火火獨個兒在森林行走了兩天。

他一點都不害怕；反正，孤獨，一直伴隨他成長。

火火記得，在很久之前，他剛剛來到甘棗山，住在蓋亞的神殿。他能夠與大部份人相處，但他依舊無法和他們説話。雖然他很想開口，但就是無法跨越説話的障礙。那時候，對於保持緘默的原因，火火覺高深莫測，不了解自己為何不開口。

現在回想起來，他發現主要原因似乎是：他害怕説話會引起旁人注意。只要他不説話，就很安全。如果開口了，就又得經歷壓力，而每一次感受到的壓力都會比以往更嚴重。同時，他總是避免改變，尤其當改變可能會引起別人的注意或審視。

過了一段日子，保持靜默一段時間，周遭的人便開始不再期待他們開口説話。直到有一天蜜涅瓦來到，住在他的附近。這女生並不愛吱吱喳喳説話，眼睛總是藏着一點憂傷。她並不知道自己有開口說話的恐懼，所以面對她完全沒有預期之下開口，也好像沒有甚麼壓力。然而，躲在他內心的陰霾從未消失。

當他步行到森林深處，驚奇地發現，整座森林的地面竟然不斷上下起伏，宛如在「呼吸」一樣。這景象太讓人毛骨悚然，即使長居深山的火火，亦不期然放慢了腳步。

他猜測，應該是地下有河流經過，加上土質鬆軟，地面才會浮動。當然，亦可能是，枯樹的根在地下形成空間，而新樹的根在地面延伸，因風吹動才造成地面浮動。火火怔呆地沉思，推想「地面呼吸」的奇異現象，到底是因何而起……

就在這時，頭頂一聲鳥叫，劃破長空。火火抬頭，看見牠在樹影下，展開銀白色的翅膀——是蜜涅瓦的貓頭鷹！

他完全沒想到，在此時此刻，會看見久違的老朋友。他向空中伸出右手臂，讓牠有一個落腳之地。

「你怎麼能找到我？」他用鳥語問牠。牠歪一歪頭：「不是我找到你。」

火火下意識地看向森林的暗處，先看見一雙發白的小腿，然後是及膝的米色麻布裙，上下起伏的胸脯，最後是蒼白的臉龐。一雙既倔強又冷漠的眼睛，緊緊盯着自己。「蜜涅瓦……」火火的喉嚨發出一陣哽咽。

久別重逢，他跑上前。蜜涅瓦眼裏充滿迷惑，就在這時，忽地翻一翻眼睛，整個人發軟，倒在火火的懷裏。「蜜涅瓦！」火火把她接住，攙扶她走向一棵樟樹的巨根上，讓她半躺着。

他驚惶地問蜜涅瓦的貓頭鷹：「蜜涅瓦發生甚麼事？」

牠溜一溜眼珠：「她跟着你進入忘憂森林，兩天沒吃東西。」

火火皺眉：「她怎麼知道我在這裏？」一貓頭鷹將他們兩人分別之後的事，鉅細無遺說了一遍，包括她幾乎幾度遇險，遇上太子，以及如何乘筏沿大河而來。

蜜涅瓦在軍營中發現了火火，知道他沒有逃回甘棗山躲起來，而是一直南下，心裏的疑竇消失了。然而，因為深知太子非常在乎顏面，她不宜立即出來為他解釋，所以思前想後，決定還是等待他離開，才偷偷走出去尾隨火火。

火火同樣是兩天沒有飯吃，但因為他懂得這一帶是南方山系，叫做鵲山。山中有一種草，形狀像韭菜卻開着青色的花朵，人稱祝餘，吃了它就不感到飢餓。所以，他在森林中一直吃它充飢。他馬上找來這種像韭菜的草，把它分成細株細株，塞進蜜涅瓦嘴裏。她半昏半醒，將祝餘一點一點

吃完。

他們頭頂有樟樹，是一種讓人覺得相當親切的樹。老株的樹皮呈條塊狀，黑灰色，分枝很多，樹冠一層又一層的彼此堆疊。二、三千年的巨木，樹勢依然健旺，樹冠覆蓋很廣。樟樹的莖枝、葉片和木材等都含有特殊的香氣，一會兒之後，蜜涅瓦蘇醒過來。

蜜涅瓦推開了他，勉力站起來。火火愣愣地問：「你生氣？」蜜涅瓦氣若游絲：「若不是你……忽然獨自回去甘棗山……我才不用擔驚受怕……」

火火第一次見蜜涅瓦大發脾氣，他一時實在手足無措，不懂反應。蜜涅瓦用靈動的眼睛，看着有點傻氣的火火。忽然覺得，重聚，已經很好。

她沒有再追問下去，火火很安心。對他來說，用很多說話去解釋，是一種令人緊張、困窘和倍感威脅的舉動。從孩提時代開始，向旁人暴露自

己的思想、感情、慾望和需求，開口説話是多麼難若登天。彷彿，只要説出一個字，就好像把自己整個內心世界的鑰匙，交給別人。

聽説森林是記憶的迷宮，有老死的樹，也有新生的樹。樹蔭下的小徑深知進入者的每道心意，在陽光還照得進來之時，森林擅用濾鏡，暖調的楠樹和樟樹，記載天地間每一件事。兩人用同一雙清澈平和的眼睛，看着檜木紅褐色的像要剝離的肌理，看着樟樹葉子的表面深綠而背面粉白光暗分明。再過一會，日光下最後的溫度與氣味，都要遭到夜色吞盡。

在沒有出口的迷途，火火和蜜涅瓦在忘憂森林逡巡。蜜涅瓦的貓頭鷹很想帶他們走出忘憂森林，可惜，森林的瘴氣太重，牠亦有點頭昏腦脹，不辨方向。「蜜涅瓦，我們好像又回到原處。」火火看着腳下不斷上下起伏的土地，宛如在「呼吸」的那片地面。他意興闌珊，在樹底坐下來。

「看來，我們走不出去了。其實，在這裏居住一段日子也沒有問題。」他指向叢林中的空置石殿。

蜜涅瓦垂着臉蹲下來，雙手交抱，把身體靠向火火。火火看一眼她燙紅的腮邊，但覺她好像有點發熱。

「如果走不出去了，我們或許會死在這裏。」蜜涅瓦夢囈般地說。火火心裏一沉：「蜜涅瓦，不行！你一向比我堅強，憑我一己，一定不能走出去。」他抓起她的胳臂。

「火火，我很累。」蜜涅瓦半閉着重重的眼皮。火火凝視虛弱的她；可是，他天性傾向於迴避風險。保持原狀，才會讓自己感到比較安全。在生命具有威脅時，感受更是強烈。然而，眼見蜜涅瓦的情況愈來愈差，他的內心升起另一種從未有過的思緒，和他原來的想法交戰。終於，他堅定地向自己說：一定要設法走出去。

他揹起蜜涅瓦，一邊憑直覺走。這時，他發現一株呈現黑色紋理的大樹，他想了一想，馬上如獲至寶，向蜜涅瓦的貓頭鷹招手，叫牠啄下一塊木塊。

他把他握在手裏，頓時，它四射出金色光華，照耀森林，盤根交錯的巨樹分開形成一條通道。他別過頭看向昏睡的蜜涅瓦說：「沒事了，我們居然如此幸運，找到這種『迷谷樹』，把它帶在身上就不會迷失方向。」

火火向蜜涅瓦暗許：我一定把你帶出這森林。

第十六章

奇龍

太子醒來之後，看見剛才那中年男人。他幾乎無法相信，重重地眨眨眼：面孔是一樣的，但這人除了有碩大粗壯前臂，還有強壯的四腿。他是一隻馬腹，而他身後，是一群馬腹。

奇龍看見被反綁雙手的他，目不轉睛看着自己，便說：「我不是美豔女子，殿下不應該如此大吃一驚。」

太子知道自己中計了。他身後走出另一人，不是其他人，正是之前在他營帳裏的佛諾。佛諾身上仍有箭傷，但明顯比上次見面時精神許多。他怒目相向：「你們怎可以使詐？明明是約定在森林競賽，你們卻自己去搶人。」

奇龍微笑：「和你約定的人在我們當中嗎？」太子環顧一周，的確沒有火火的蹤影。「和你約定的人，不是我們。所以，我們做甚麼，也沒關係。」

太子心裏一沉：「你們闖進我軍營，那麼……我的士兵都被殺光？」

奇龍看向雷武。雷武走上前，太子一眼就把他認出：「是你？那次我們在草原相遇，勝負未分呢！」

雷武訕笑：「你的士兵，一看見我們聞風喪膽，棄械投降。看來，你不過亦如此。」這些說話充滿挑釁，本來是理所當然令他氣憤。然而，他心裏卻更在乎另一件事：蜜涅瓦呢？她可還安好？

雷武見他臉上滿是擔心，更加得意忘形：「看來，我們的太子，真正是害怕了。如此，我們也來一個約定：如果你打贏了我，我們放你走——」他話未說完，已被佛諾喝住：「不！」雷武卻說：「怕甚麼？我才不會輸給他。」

畢竟，雷武是馬腹族群中最得人心的武將，奇龍不便開口阻止，然而，他心裏有一個不祥預感：有一天，他會因為衝動和好勝，而最終喪命。

太子回過神來：「說了算！」他眼裏流露灼灼光彩。

奇龍一行駐留在忘憂森林的出口已經三天，此刻正是煩惱，是否應該派員到森林找火火。雷武想留下來和太子比試，佛諾仍有傷在身，餘下的馬腹戰士都有自己的妻兒，需要輪流照顧族群。

晨曦，陽光灑落，在薄霧中散發微微的金光。

在這個恬靜的地方消磨了幾個早晨與黃昏。奇龍心頭還會升起一抹陽光中的暖流，及一片來自森林中的寂然的鳥聲。他走近囚禁太子的樹洞，太子睡眼惺忪，甩甩頭，驟然瞪開眼睛，剛好接上奇龍的眼光。

「早晨。」奇龍語氣祥和。太子忽然感受到自對方眉目傳送而來的誠懇，內心不期然溫熱起來。

奇龍看向他：「請問殿下，為甚麼非要追殺我們不可？」太子揚眉：「你們殘殺村民，罪大惡極。」奇龍說：「我們並未刻意傷害他們。馬腹是逐水草而居的族群，由於棲息處乾涸，我們必須遷移。」

太子反駁：「你如何解釋那些受傷的士兵和平民？」奇龍搖頭：「人類是一種群體生物，群體成員之間相互作用相互影響下形成一種獨特心理活動。心理的顯著特徵是共有性、界限性和動態性。其中，最明顯是所謂排外意識，即排斥其他群體的意識。群體具有相對獨立性，群體成員具有整體意識，這就必然在不同程度上產生排外意識。當人類把自己視為群體的成員，就會排斥有別於自己的群體。我們路過每一個村落，都受到當地人類攻擊。他們甚至捏造我們的惡行，向你的父皇求緩，派士兵來驅趕我們。不只你有傷兵，我們的族群亦有傷亡。」

太子怔怔地思索：他所一直相信的，難道只是人類的謊言？他看向在晨光下梳理身上毛髮的馬腹，是多麼安靜。理智上實在不能認同，他們是殺氣騰騰的猛獸。

這時，他的腦海中浮現起雷武。不，他絕對是那種殺人不眨眼的惡霸。「無論如何，我父皇既然說了追捕你們，這是皇命，也是神族的最高指令，我必謹遵。」

奇龍抬起睿智的眼睛：「你不是太子嗎？這個天下，將來由何人承繼？你想創造一個怎樣的世界？追求真理，不是你的大任嗎？」

奇龍的每一字每一句，鏗鏘有力地敲進太子年輕的心房，脆弱的靈魂。

一個領袖的最高能耐，並非文韜武略，而是掌握人心。奇龍深知此道，更知道這是他的強大本領。

這時，忘憂森林裏忽聞百鳥齊鳴，從森林揚翔而來。所有馬腹都停止了動作，看向森林出口。但見一個人腳步蹣跚，背上有着沉重的包袱，在繾綣林霧中漸行漸近。

「是火火！」首先辨認出的人，不是奇龍，卻是佛諾。並非他眼力最好，只是他對火火最熟悉。「他背上是甚麼？」

太子應聲爬過去，立時愣住。他看見蜜涅瓦！此時，她靠在火火的肩背上，一臉甜美的睡相，不知怎地，他內心莫名其妙冒起不能言喻的扎痛……

佛諾一馬當先跑上前去接住火火背上的人，火火見他安然無恙，大感驚喜，用力抱着他的脖子。「上來！」佛諾見他累得不似人形，叫火火騎在他身上。步行了整夜，火火幾乎連爬上去的氣力也沒有。他趴在佛諾背上，虛脱得不能動彈。

「帶他們進去神木洞。」奇龍吩咐着。

溪流邊有一株依附在崖壁上的巨樹，彷彿與山體共生，當地人稱它為神木洞。奇龍尾隨他們到洞外，不可置信地看着火火的背影。他暗忖：

這個孩子，居然能憑一己之力走出受到詛咒的忘憂森林；而且，他擁有如此堅定的毅力，付出比自己所能承擔的十倍體力，整個晚上揹着另一人行走。

奇龍不禁推想，火火到底有多大潛能。

火火不喜歡説話，卻懂得鳥語；他看似軟弱，卻有驚人的毅力。這些，可能和他兒時遭遇有關。叢林裏的動物一發現飢餓的獵食者逼近時，便立刻變得安靜且小心翼翼。同樣地，火火可能亦出於潛意識的機制，採取緘默來躲避威脅。他並非刻意選擇保持緘默，而是當身體、情緒或心理上感受威脅時的本能反應。其中一個原因，奇龍猜測是因為他兒時可能曾與主要照顧者分離。分離帶來了危機和不適感，對於幼童尤甚。由先天敏感特質引發，再受環境劇變影響，而且，並非長大就會好，甚至可能衍生更嚴重的焦慮和憂鬱，跟着他一輩子。

愈是有口難言，愈需要用心理解、接納，才能在黑洞般的沉默中，找到珍貴的溝通之門。惟有循序漸進地建立信任，才有機會幫助他走出恐懼與焦慮。看來，這位女生，正是把大門打開的人。

「奇龍！」他的思緒被打擾。「天空忽然出現黑雲捲！」雷武氣急敗壞跑過來。

此刻，他眼中，流露出一種難以解讀的惶惑。黑雲捲？這是魔族的預警。他們為甚麼會來？

第十七章

太子

當太子看見天上忽然出現黑雲捲，他臉色一變，雲捲中有一些怪異話音落下，他似乎感受到無數魔氣從雲團中冒出來。足有千丈龐大的風暴，陡然席捲開來，在這一剎那崩裂成一片片的黑暗空洞，地面上，可怕的勁風傾瀉而下，飛沙走石。

「怎麼回事？魔氣怎麼瞬間濃郁了起來。」奇龍跟隨雷武跑了出來。頃刻，整個平原，被籠罩在詭異的血紅濃霧之中。奇龍的臉上閃過一絲難看，因為魔氣愈多則代表有着愈可怕的事要發生。

血霧之中，緩緩升起眾多飄渺魂魄，形成無數道細小的骨片，這些骨片之上，都是有着一張猙獰的臉龐，遠遠看去，這些猙獰的臉龐，盡數粘附在一個黑影之上，黑光暴湧，隱隱間匯聚成一張龐大的臉龐。這張臉龐，瞪着一雙猩紅血珠，眼窩凹陷到好像骷髏頭一樣，充斥痛苦之色，看得人毛骨悚然。黑色骷髏眼芒閃爍，沙啞而陰冷的聲音，緩緩響起：「太子，你走吧。」

伴隨着一道沙啞的蒼老聲音從黑色骷髏嘴中傳出，濃重黑霧從天上向太子而來，把他從樹洞中釋放，並把他捲走送上小山崖。

奇龍馬上叫部族躲避進神木洞，他留下來應付。太子站在山丘頂端，蹙着眉凝望着眼前不可思議的一切。死亡氣味充斥空氣，猩紅色調瀰漫在搖曳不定的黑雲捲之下。這個救出自己的人是誰？是不死生物？是與無數靈魂訂立過契約的魔鬼？

「奇龍！」話音一落，一隻慘白的手臂突然從血霧冒出，猛的對着他一抓。奇龍閃避開了，並說：「大祭司，你我河水不犯井水，因何而來？」

雲團中的黑色骷髏沉吟：「本來只是想你放走太子。但既然來了，我又改變主意，很久沒找人對決了。」奇龍聞聲，後退幾步。黑色骷髏正要吐出一股怪風，奇龍從胸膛中升起一股火蓮，合掌一彈，手中的火蓮，猛然高速旋轉，驟然化為一抹火芒，暴掠而出，沿途所過處，沒有半點聲響，但在其劃過之處，黑色空間悄然崩塌。在黑色骷髏猩紅血珠的注視下，暴掠而至，最後重重的撞擊到了它巨大的魂魄骨片之上，猶如死神鐮刀一般，轟一聲，撕裂大際。黑色骷髏猛的抬頭，望着那火蓮，一口黑氣，緩緩的從其嘴中噴吐而出。

奇龍淡淡一笑，他以為大祭司跑了；萬沒想到，對方再度還擊。「奇龍！我知你有不死之身。我殺不了你，但我可以用魔障控制你的意志。」

「別妄想，我有千年修為，你不能完全控制我！」話未說完，但見黑氣進入了奇龍的七竅，他的臉色驟變得異常難看。他想反抗，但他實在無法想像，以大祭師的遙控念力，居然能夠施展出如此恐怖的攻擊，這種級別的力量，就算是尋常的神族，都無法達到。

充斥着毀滅力量的風暴瀰漫這片天際，奇龍巨碩的身體一陣劇烈顫抖，在驚駭目光中，眼珠由藍色變成猩紅。「唳——」一口鮮血噴出來，奇龍臉色慘白，顯然是體內受到了相當強烈的廝殺。

奇龍臉色緊綳，向天上嘶聲叫了一下，猛地奔向遠方的天虞山。此時，屹立在天空上的黑色骷髏表面，突然間出現一道細微裂痕，旋即，破碎的骨甲，突然在一些驚愕的目光中，如同雪花般的飄落而下，爆裂成骨屑，灰飛而散。

「奇龍……」太子把這一切看在眼裏，深知奇龍所以逃走，因為他體內兩股力量仍然在相爭，他不能留在族群，怕傷及無辜同伴。

天際之上風暴頃刻消散，在神木洞口看見這一切的人，臉龐上充滿惶恐。雷武氣沖沖跑出來，指着站在崖上的太子：「你這渾蛋到底是誰？為甚麼會招惹魔族的大祭司為你挺身？」

太子本可以不理會他的指罵，但當聽到自己的名字和魔族扯上，心裏感到很不爽。他也想知道，當中發生甚麼事……

他才走近神木洞，雷武二話不說向他揮刀。他猛然閃開，拔出太昊劍，向雷武的咽喉猛地一揮，雷武退後卻被後面的矮樹擋住，「噗嗤——」一團鮮血噴出，雷武臉上的表情瞬間凝固，瞪大了雙眼。他在千鈞一髮之際挺起前蹄，右腳代替咽喉被砍傷。

太子並不因此而停手，反而繼續揮劍，撲向雷武。這時，一支箭就在他睫毛前橫空劃過。

太子止住，看向在他左方用弓箭瞄向自己的人。火火堅定地說：「勝負已分，請殿下停手吧。」雷武跪坐地上，前額冒出豆大汗珠，腳上血湧如注。

太子重重吁一口氣，收起太昊劍。既然對方把話先說了，他若此刻殺負傷者，實在勝之不武。

火火伸手召喚蜜涅瓦的貓頭鷹，吩咐牠把治刀傷的藥草採摘來。貓頭鷹在甘棗山長年與他和蜜涅瓦為伴，早就熟悉甚麼藥草能幫助傷口癒合。

太子記憶中，曾見過這貓頭鷹，但他從沒想到和火火有關。太子內心升起憤怒，走近蹲在雷武前察看傷口的火火，用太昊劍指向他：「牠是你的貓頭鷹？如此說來，你是一直監視我軍？說，有甚麼居心？」

在旁的佛諾三步併作兩步，把他推開。「你鬧夠了沒有？因為你的緣故，我們被魔族襲擊，首領失蹤。你剛剛又傷了我們的第一勇武，如何？是否很開心？抑或，你一定要把我們全族殺光，好等你回去覆命？太──子──殿──下──！」

不知怎地，此刻他口中的太子殿下四個字，聽起來份外突兀。太子腦海裏浮現起剛才奇龍對自己說的一番話：你想創造一個怎樣的世界？追求真理，不是你的大任嗎？

「我和魔族毫無關係。」他喃喃。「我們又何嘗濫殺無辜？」佛諾振振有詞。

「即使我願意相信你們並無襲擊平民百姓，但如何解釋，這隻一直跟蹤我們的貓頭鷹？」太子怒目看向火火。

「這很簡單，因為——我。」神木洞裏傳來柔弱聲音。蜜涅瓦一手撐着樹洞壁，虛弱地走出來，蒼白的臉頰回復一點血色。火火站身，放下暫時止血了的雷武，跑向洞口，攙扶着她。

太子看見他倆關係如此親密，內心更不高興。雖然只是一瞬間，但他知道，他在嫉妒。這連他自己都覺得可笑：堂堂一個太子，居然要妒忌這個山野平民！

「太子殿下，貓頭鷹是我的寵物；我一直沒機會告訴你而已。」蜜涅瓦水靈靈的雙眼，令他平靜下來。他臉上滿是疑惑的問號，本來想追問她和火火的關係，但始終覺得太冒犯，沒有說出來。

蜜涅瓦、太子和火火，此刻相對，連空氣都變得凝重，三個人之間都有未能訴之於口的心事。

第十八章

火火

已經是第五天了。火火騎在佛諾身上，帶着負傷的雷武和馬腹族群，向南方天虞山下的燈火國進發。燈火國於海濱，遠望是片丘陵，光影忽明忽暗，據說，是太陽停歇之處。

至於天虞山，當地人叫它漆吳山。它的對面，就是須彌山，正是當年神族和魔族合力把乳海攪乾，獲取長生不老甘露的地方。如今，他們要找的，同樣是甘露，不過，不是為長生不老，而是為潤澤大河。

火火知道，雷武每次看見在大隊前方的太子，都恨得牙癢癢。當太子知道火火和大隊此行目的是為了取得甘露，解中土之困；太子便執意要跟着大隊。他猜想，太子是急於建功立業。然而，他對他仍然存在疑慮：作為一個神族，為甚麼由魔族為他撐腰？

正因如此，火火才要讓他領在前方。這樣，如果再有魔族來犯，他亦能作「擋箭牌」。太子的馬最壯碩，蜜涅瓦自然也是坐在他的馬匹上。

而且，亦方便她引路前往燈火國。雷武心裏雖然不高興，但自從火火那天「忽然神勇」，用弓箭直指太子，又悉心照顧他的傷勢，「獸」非草木，他沿途對他敬重有加。

燈火國植被茂盛，瀑布飛瀉，環境清幽，宛如仙境。來到天虞山，只見雲霧繚繞、空氣清新、氣候涼爽，和叢林中的悶熱截然不同。在山上的最高點，可以俯瞰一望無際植披，和茂密森林。在森林裏生活着各種珍稀動物品種，還有豐富的植物資源，最重要的是木材，特別是非常珍貴的烏木。

火火看着天虞山上這片土地，忽然萌生一種想法。在午休時候，他找來雷武和佛諾商議。「是分別的時候了。」雷武和佛諾聽了，一愣：「為甚麼？」

火火看向身後的馬腹群：「你們為覓居地而來，並非有任務在身。我和蜜涅瓦受託於蓋亞女神，再難的路，再多的風險，也要走下去。」佛諾此時，聽得眼眶一熱：眼前的火火，不再是第一次見面時的膽小和自我中心的少年。他成長了，也懂得為別人設想。

雷武看向佛諾：「我們就留下來吧。」佛諾沉思了一會，才說：「雷武，在奇龍未回來之前，你做我們的首領吧。」雷武沒想到他會如此說，一時間不懂得反應。佛諾緊緊抱了他的脖子一把，然後又說：「我會隨火火上路，護他周全。」雷武大力拍拍他的肩膀：「這樣最好！好兄弟！」

火火看着一向互不相讓的他們，此刻放下前嫌，你一言我一語把事情決定好，相信再叫佛諾留下，也必定被他斷然拒絕。況且，懦弱的他，實在需要對方的力量。

火火看見蜜涅瓦把臉挨在太子馬匹的脖子上，睡得很甜。他想走過去，但見太子早他一步，來到蜜涅瓦身邊。太子看着她，憐惜地用手背替她抹乾頸上的汗水。這一切，火火都看在眼裏。

長久以來，蜜涅瓦和他，都是對方的唯一，唯一的同伴，唯一可以信任的人。太子剛才的舉動，是想把她搶走嗎？他有一種突如其來，縈繞心頭的不安。他走過去，叫了一聲太子。太子如夢初醒，收回他的手，轉過身來：「何事？」

「其他人會留下。」火火淡淡的説。太子接上：「你意思指，剩下來的路，只有我們幾個繼續。對嗎？」火火點點頭。太子語帶挑釁：「你若要和我們一起，可否把説話講得清楚一點？事實上，就算只有我和蜜涅瓦前去也可以，你們統統留下也沒問題。」

火火聽得心裏氣憤，卻不懂得如何反駁。「火火，起行啦。」佛諾在前方召喚。太子聞聲，一個跨步上馬，用雙手護着蜜涅瓦，把她包圍在自己的胸膛前，如此，即使一直趕路，她也不會掉下來。

火火回首，向雷武和其他馬腹揮別。雷武是莽撞，但亦是性情中人，眼角居然隱然有點濕潤。這許多天以來的相處，他覺得，和這些半獸人相處，反而比人類，甚或是神族更容易。雀鳥也好，動物也好，與大自然為伍，天性比較率真，追求的亦簡單。相反，無論是以往在甘棗山接觸的傷兵，還是眼前的太子，城府太深，相處多時，他仍然無法看穿。

他們來到山下，越過灌木林，快將日落，剛睡醒的蜜涅瓦，伸了一下腰。密林中，微風吹拂，河水緩緩流動，一隻野兔就從中竄了出來，然後迅速消失。火火拿起幾片冰冷的野兔乾肉，一口一口咬着，也給了太子和蜜涅瓦。

「再往前不遠處，就是燈火國的城門。」蜜涅瓦指着前方。很快，一行人來到了城門前。只是，城門卻是關閉的。

見到那緊閉的城門，太子忍不住露出了厭煩之色，深吸口氣，對着城門上的士兵喊道：「我們乃壁土國玉城池的人，請開啟城門！」

一個長官模樣的青年城衛走出來，看了眼城門下的一行人，語氣冷淡道：「開啟城門需要得到口令，你們請稍等，我先去匯報。」轉眼，就去了一刻鐘，這名去匯報的城衛一直沒有出現。又是一刻鐘過去，太子按捺不住，喝道：「我是太子，你們居然敢怠慢？」

「殿下稍安勿躁。」蜜涅瓦召喚她的貓頭鷹，囑咐牠把自己髮上的紅珊瑚簪，帶到城裏的皇府。終於，在又過去一刻鐘後，城衛磨磨蹭蹭的出現了。

城衛把他們帶到城內最豪華府邸內，蜜涅瓦急不及待下馬，跑到這座府邸的最深處。火火一行人尾隨着她，卻見她在廂房前的台階止住了腳步。

一位比她年長幾歲的男生，正坐於桌前飲酒。「是哥哥？」蜜涅瓦從

上至下打量這位穿金戴銀的至親。

蜜涅瓦的哥哥並未如想像中殷切迎接她，相反，卻是帶點冷漠的倦容，獨自在飲酒。「哥哥！」蜜涅瓦高呼，他重重放下酒瓶。旁邊的侍女連忙提醒：「公主，要說「皇上」了……」火火見狀，恭恭敬敬拉着佛諾向對方叩頭行禮。

「不必多禮，起來吧！」蜜涅瓦的哥哥揚手，瞪了一眼佛諾。然後，他才看向太子：「你是？」太子輕輕點一下頭：「我乃玉城池的太子！」蜜涅瓦的哥哥揚眉：「嗯？遠道而來，所為何事？」

蜜涅瓦搶先說：「哥哥，我們想去甘泉殿借一勺水。」她哥哥乾笑：「甘泉殿？嘿，甘泉殿不是你想進就能進的；需要燈火令。一枚燈火令可讓人進去一次，但全天下只有十枚。連續幾年天旱，已經用了五枚，所剩無幾。非親非故，我為甚麼要給你們？」

蜜涅瓦怔怔看向把酒杯一飲而盡的哥哥，腦內盡是往昔兒時一起玩樂的場面。他曾經，是何等愛惜自己：「哥哥……」

「妹妹，不是我不認你這個妹妹。即便一枝髮簪，我也記得是你的。可是，父母崩天之後，我們這種小國，不比玉城池的神族，靠的，都是附近的山神照顧，天災難測。請回吧——」

蜜涅瓦眼泛淚光：「你說……父母都已經不在？」她在腦海裏幻想了千百遍的重逢場景，一息間殆滅。她當場昏厥過去。

第十九章

蜜涅瓦

蜜涅瓦蘇醒過來，但不願張開眼睛。她知道自己身處蕉葉織成的帳床上：這是多麼熟悉的氣味，是兒時的氣味。她如果一直不睜開眼睛，她便不用回到現實——她想和父母團聚的心願未至於馬上幻滅。淚珠串滑過臉頰，這時，她感到一隻溫熱的手為她抹乾淚痕。

她驀地睜眼，看見在她床邊守着的，不是別人，卻是太子。昨晚想必亦是太子把她從哥哥的大殿中抱她回來吧？她想着自己被他抱在懷裏的那一刻，臉頰一陣燙熱。太子把頭擱在帳床杆上，歪着臉凝神看着自己。兩人四目交投，蜜涅瓦的心跳忽然加快起來。

她霍然坐起，環顧廂房四周：「火火和佛諾呢？」太子回神，有點不知所措地站身：「我叫他們出去打探一下，想想辦法，把燈火令搶到手。」

「搶？」她萬萬沒想到，此番回來燈火國，居然不能光明正大。話未說完，火火和佛諾推門而進。

佛諾隨手斟了兩杯茶，遞給火火之後，自己也大口大口喝下：「差點渴死——在這裏行走，喉乾舌燥，滿頭大汗。」

「醒來了？」火火走向蜜涅瓦，伸手捧着她的臉看：「氣色還可以。」蜜涅瓦推開他：「我未死。」她的眼光，不期然掃過這時瞪着她的太子。火火說：「幸好你暈倒，不然，我們昨晚就立即被趕出城。」佛諾回應：「對，你應該繼續裝暈。」

太子卻正色地說：「找到把燈火令搶到手的方法嗎？」火火搖頭：「我根本不同意去搶。」太子一聽，有點生氣：「是誰說要把甘泉帶回中土？」火火聳聳肩：「我是為了幫蜜涅瓦完成任務，但如果不能做到，亦只好放棄。」

太子本想罵火火置天下蒼生於不顧，但回心一想，天下，與這個平民

何干？

這時，門外有人焦急地重重敲門。蜜涅瓦馬上跳回床上裝作未醒，火火緩緩打開門。門外的居然是蜜涅瓦的哥哥，燈火國的國王。他和昨晚判若兩人，一臉善意。他問：「妹妹未醒？」眾人大惑，不敢妄言，只是招呼他坐下來。

「今早我的百姓來報，說有兩位神人，幫他們殺死了遺禍多時的九尾狐，形狀像狐狸卻長着九條尾巴，吼叫的聲音與嬰兒啼哭相似，能吞食人。我特來道謝。」他躬身。太子看向火火和佛諾，正要問他們甚麼時候做的好事；佛諾會心點頭：「不就是剛才那一陣子。」太子驚訝地看向佛諾，心裏唸着：你原來懂得讀心術？佛諾冷傲地說：「馬腹天生有這本領。」

國王只聽到佛諾的兩句便說：「原來馬腹天生是戰士。」他重重拍在桌面：「你們可否幫一個忙？」

他把一個被燻焦的海龜殼，從衣袖掏出。龜殼被燻成金黃，看上去有別於尋常。「這是第六個燈火令。當年在天神和魔族攪動乳海之時，因熱力過盛，不但海水消耗，而且連帶海裏的生物都盡死。只有十隻海龜在龜殼被燻焦之後，仍然奮力爬上岸邊，在甘泉殿前死去，一位天神把它製成燈火令。從此，只有拿着燈火令的人，才可以進入甘泉殿。」

蜜涅瓦聞言，緩緩坐起，問道：「哥哥為何改變主意？」國王見她忽然蘇醒，面露一絲錯愕。

國王沉色：「昨晚正為最近出現的巨獸殺人而煩心，一看見你帶來的朋友，同樣是馬腹，很想快點把你們趕走。我們國家，怎能容下另一隻？」

「另一隻？」火火看向佛諾；他點頭：一定是奇龍！「怎麼一回

事？」蜜涅瓦眼裏充滿惶恐。

連續幾天，在海灘上都發現被殺的村民，都是被巨獸踢中胸腔而胸骨盡裂。從他們的死因，國王相信，絕不是九尾狐所為。由於有多位村民曾經見過一隻形似半人獸的生物匿藏在甘泉殿，因此國王懷疑，那是一隻馬腹。

太子問：「你剛才不是說，只有拿着燈火令的人，才可以進入甘泉殿。他是如何進殿？」國王無奈地嘆氣：「因為，來者若有魔性，大門會自動打開。」此刻，佛諾和火火一樣，心情極為沉重。

善良溫馴，睿智機警，又武功一流的奇龍，如今受魔性所擾，居然淪為殺人狂獸。

「既然你們是為治妖，我當然需要給你們燈火令進殿。」國王放下令牌，起身離開。正是他一隻腳踏出房門的一剎那，他回頭，看向蜜涅瓦。

「如果你想為父母焚香，我現在就帶你去墓地。我相信，他們一定很想再看見你。」

蜜涅瓦聽畢，眼淚如決堤而下，她撲向自己的哥哥，國王也緊緊擁抱她，就像很久很久之前一樣……

黃昏，四個人在磨刀擦劍。「你有信心收伏奇龍？」蜜涅瓦問太子。太子點頭：「我有太昊劍。」「但，他是不死身。」

「如果可以，有沒有方法令他除去魔性，而不需要傷害他？」佛諾內心非常難過。蜜涅瓦知道火火同樣覺得難過，所以做了一鍋肉湯，希望令他心情好一點。「這是用你們今早殺死的九尾狐的肉煮成，大家快來吃。」

「有毒嗎？」太子問。火火不經意地回答：「剛好相反，吃了牠的肉就能使人不中妖邪毒液。」他話剛說完，太子便馬上吃光一碗。他抹抹嘴角便說：「這樣的話，遇見妖邪也不怕。」

大家決定，在翌日晨曦之前，進入甘泉殿。因為，那是萬物最疲憊的片刻，也是最低警覺性的時候。

火火把蜜涅瓦拉到一旁，問：「鄉民說，這裏有九頭蛇。你見過九頭蛇嗎？」蜜涅瓦想都沒想便點頭：「我們燈火國奉九頭蛇為神明，不論山野叢林，都常見牠們出沒。」

九頭蛇蛇身九首，上面長着青色的人臉。形體碩大無朋，凡經過的地方都會變成沼澤。九頭蛇劇毒無比，沼澤的水也因此長年惡臭，四周土地變為褐色。當年，眾天神和魔族為了得到不死甘露，聯合起來奮力攪動乳海；他們用曼陀羅山做攪棒，用九頭蛇蛇身作絞繩，最後成功地獲得了不死甘露。

因此，牠們最常出沒的地方，正是甘泉殿後方的沼澤地。牠是泉水、井水和河流的保護神。牠們能夠造雨，帶來豐收；但是也會帶來如洪水和乾旱等災害。在受到人類不恭敬的對待時，還吞食行人牲口。所以，當地人相信給它們崇拜，會帶來豐收。

甘泉殿是燈火國最大寺廟，也是當地居民的信仰中心。聽説許願很靈驗，每天都有很多人來這邊祭祀。不過，他們都被限制止步於甘泉殿外，絕不能進入。甘泉殿的門是常閉的，大部份人都不知道它的內貌。

火火一邊聽蜜涅瓦説着，一邊壓抑內心不停膨脹的懼怕。一個森林裏成長的少年，從未想過自己要做甚麼豐功偉業，更沒想到有可能要面對劇毒無比的九頭蛇……

第二十章

火火

天將破曉，他們來到黑暗的海邊，寺廟入口外有一排雕像，都是九頭蛇雕像。佛像面朝綠色的小山，背對無邊的大海，十分壯觀。四周寧靜得很，充斥着陰暗恐懼感。成群的野生獼猴相依偎着，絲毫不畏懼人類注目的眼光。

進入甘泉殿外圍，首先映入眼簾的是平台，可以想像，當年這裏是古代神族的閱兵台，藉由台上的雕刻，火火走上閱兵台，靜靜站在台上望向大海遠方，彷彿千年前的氣勢磅礡景象再度來到眼前，眾天神和魔族聯合起來奮力攪動乳海，千軍萬馬。

閱兵台後面，是甘泉殿入口。殿為木造建築，由於人民不能進入，屋瓦、陶器碎片散落。火火、佛諾和蜜涅瓦緊隨太子，站在入口。太子拿出燈火令，一柱金光從龜殼一端漫散出來，照向甘泉殿緊閉的巨大石門。

幾秒之內，眾人屏息以待，萬籟俱寂，彷彿，天地不再運轉，時光瞬間停頓。

轟一聲，石門突然打開。殿內中央有一塊晶瑩剔透的玉石，泉水從頂端流出，流到一個方形的石頭池子中。泉水流量很少，泉水再從小石縫裏流走，一池子水怎麼也載不滿。「雖然水很少，但它每天能夠保持一定水量，據說不管有多麼的旱，甚至山湖乾涸的時候，這裏依然有水。」蜜涅瓦悄聲說。

舉目但見無人，火火趕緊掏出蓋亞女神交付的小瓶，好好裝滿。封好瓶口之際，忽見殿內四壁鬼影幢幢。萬頭亂竄，看得令人驚心動魄。「嘶嘶——」「嘶嘶——」此起彼落的聲音包圍着四人，使人雞皮疙瘩。

「是九頭蛇！」四人退後，本能地背對背靠攏着。

火火此刻的恐懼驟然冒升到頂點，他忽然記憶起兒時看見的景象：那年，親眼看見曾經滿載和媽媽相依為命的甜美時光的木房子，被熊熊火光

吞噬。火屑衝天，他向着通紅的烈焰瘋狂呼喚媽媽……

「避開！」蜜涅瓦的貓頭鷹忽然從殿外如銀箭一般飛進來，用巨翼撲向火火，銀光飛瀉，火火整個人失去平衡，摔倒地上。他回過神來，才發現有一個大腦袋一晃，張開大嘴，那嘴巴能夠輕易的吞下一個椰子。火火甚至能看到牠口腔中，細碎隱蔽的牙齒。

牠全身像粘滿鱗甲的巨蟒，擺動着有九個頭，盤成一團，一個腦袋緊貼另一個，立起半截身子，小心翼翼的盯着他們看。

「牠也許只是想嚇唬我們。」太子一手按着太昊劍的劍柄。

九頭蛇咆哮一聲，身軀迅速撲來，如一道黑色閃電，向着太子的脖子直接咬下去。

「砰砰砰砰！」一瞬間，牠身上就挨了不知道多少下，未待牠咬下嘴巴，佛諾一把抓住了牠的身軀，輪動前蹄，不斷地砸下，隨後張開嘴巴，在牠身上狂咬。

九頭蛇痛吼，身軀猛然回頭，向着佛諾的大腿想狠狠咬去。一片鮮血飛灑，佛諾的前腿當場被咬到鮮血淋漓，少了一塊肉，又驚又怒，抱起前腿跪下。

太子此時趁機拔出太昊劍，直接向着九頭蛇砸了下去。「砰！」巨大蛇頭被砍下，正當太子高興之際，魔怪的另一個蛇頭又重新生出。砸得暈頭轉向的九頭蛇，獰笑一聲，牠嘴裏流出口水，是一種淡紅色的液體。顯然，那就是一種劇毒，把甘泉都染成淡紅。

這時，火火把蜜涅瓦拉到一旁，縮成一團。蜜涅瓦說：「幹嗎我們不出去幫手？我們吃了九尾狐的肉，不怕此毒。」

可是火火清楚知道，體積如此巨大的九頭蛇，必定強大到不可思議的地步。多少年來，眾多來探索甘泉的高手，說不定都是被巨蟒吃掉……

滾滾翻湧的黑影在殿內飛揚。蜜涅瓦眼見太子和佛諾大戰多時，漸漸疲憊；她一股腦兒衝出去，用隨身的小刀狠狠插入九頭蛇的尾端。九頭蛇被偷襲，痛苦嘶吼，身軀竭力掙扎，用力把尾巴橫掃，眼見蜜涅瓦被拋擲到半空，火火猛地縱身跳起，凌空把她接住，兩人一同掉入水池，落在軟綿綿的濕土。

九頭蛇眼裏燃起猩紅之火，怒不可遏，咆哮一聲，巨口張開，直接向着火火衝了過去。隆——

殿內頓時就出現了一個巨大的漩渦，瘋狂地旋轉着。一股毀天滅地的威壓橫空發出來……是奇龍！

他的身上長滿血瘡，原本俊秀的長相變得鬍鬚邋遢，面目猙獰，眼睛如血噴。他用漩渦把對方震住。

佛諾上前：「師傅！」奇龍正眼也不望他，用後腿把他猛地踢開。太子拉住佛諾：「他已經不是我們所認識的奇龍！」

火火和蜜涅瓦惶恐地從水池爬起來，火火看向奇龍，心中卻堅定地說：「不，他的外表雖然改變，但內心仍然是奇龍。」

這一番說話，如一縷青煙，轉進奇龍的耳朵。這，是一種無比的信任。看見的也許不是真的，聽見的也許亦不作實，只有深深的信念，才能堅持世間的真善。

奇龍注視着火火，一瞬間，他的眼睛回復之前的清澈。他從胸中升起火蓮，把對方制衡。蜜涅瓦的貓頭鷹向火火高呼：「將頭砍下後，要馬上用火燒牠的斷頸，頭便無法重生。」火火馬上拿起神壇前的長燃火燭。

太子聞言，立即把九頭蛇的其中一頭砍下，火火靈巧地用火炬燒斷頸。最後兩人合力將八頭一一砍下，火火又用他的神劍劈落正中的主頭，埋於土中，用大石壓住，才算剷除了牠。

出盡九牛二虎之力，終於把九頭蛇打死，火火和太子高興得抱頭喜極而泣。這時，卻聽見蜜涅瓦淒然尖叫。

佛諾抱着倒下的奇龍，淚流不止。

火火大驚，一個箭步用雙手把他的頭捧起。「發生甚麼事？你不是不死身嗎？」

奇龍虛弱地説：「我是不死身。但世上只有一毒能剋制我。」火火腦海裏靈光一閃——在甘棗山上被軟禁的婦人曾經提及：雖然他有不死力量，但九頭蛇毒，會令他生不如死。

「你是知道的！」火火眼眶一熱，奇龍明知這樣有危險，仍然捨身救自己。奇龍語重心長：「火火，很多時候，我們不能只顧自己。計較太多，會令你裹足不前。應做就做，答應我，要勇敢一點。」

佛諾在旁邊説：「你不會死的。」奇龍微笑：「我不會死，但不死之身若受蛇毒糾纏，永無終日，是何等悲慘？」

他閉上眼睛，從口中吐出一圓珠，銀光瀉地，升上半空。「火火，我想把不死之力量交給你。只可惜，你年紀尚輕，需要歷練，不宜馬上得到這珠。去！去西方把它尋找回來，我的力量，此後將成為你的力量。」奇龍一揮手，但見銀光朝西方奔馳，消失於天際。「奇龍！」火火和佛諾抱着他喪失了溫度的軀體，哭成淚人。

短暫的終章

在壁土國玉城池的皇妃寢室，附寶打開窗戶，迎上窗外的風暴。天上烏雲翻湧，如巨浪一般衝着她而來。她看向天上出現的龐然怪臉，心裏一震，生怕被國君發覺，召喚雲霧中的知更鳥飛來，然後趕緊關好窗。

知更鳥忽然猛力啄下她小腿上的一小塊，血流如注，她痛入心肺。「大祭司非常不滿意太子的所為，這算是小懲大戒而已。下次再犯，傷口比這個痛一百倍，而且，不是在你身上，是在你的兒子身上。」

附寶忍受着痛楚，問他到底發生甚麼事？知更鳥說：「大祭司一心要幫你保護兒子，但太子卻無意中壞了他好事。能夠分身進入奇龍這個不死之身，是多麼難得的機會。即使他未必能完全被魔性控制，也可能用時間消耗他的意志。」

附寶緊張地合十：「那我皇兒沒事吧？求你叫大祭司放過他吧。我此生為奴為僕，其至奪取我的生命，亦沒有問題。」再懂得計算的女人，到最後可以為自己的兒子而不怕死。

知更鳥冷笑：「魔窟有無數死人，大祭司要的，是在玉城裏可以為他効忠的活人。」說罷，牠用粗糙的鳥嘴，把窗戶打開。然後，嘿嘿大笑，拍翼遠去，留下可怕的聲調在烈風中空轉。

* * *

日月星晨，分毫不停地在運轉，時光如風，只見萬物不斷的變，這是蒼天大地的養育，令萬物生生不滅。

甘棗山上，蓋亞從火壇取出最後這一塊反覆煉治的彩石，彩石上有一個很少看見的花樣，像鳳凰，又像仙女。她知道，蜜涅瓦的將來，就像這塊彩石一樣，既成鳳凰，又是仙女。她笑皺了眼角，滿懷歡喜地看向天空上的一彎明月。

在同一彎明月下，同一瞬間，在崖上被軟禁的女人也在看着月光。她想起月色下來給她草藥治病的少年。她記得他説過，要去尋找水源，要避開馬腹襲擊。

她惦念着他的安危。她也許永遠不會知道，她的命運已經從此和這位少年交滙。她沒有離開這個困着她許多年的地方，因為，她的心早已死，到哪裏也一樣。

* * *

藍天、椰子樹、潔白的沙灘、清晰透底的海水，是南國特有的海灘風景，彷佛脱離塵世紛擾，與世隔絕。

火火、蜜涅瓦、佛諾和太子，筋疲力盡走出甘泉殿。蜜涅瓦捧着手中的甘泉：「現在可以回去覆命了，真好。」火火看向她複雜的眼神：「你不是想離開甘棗山，回到這裏嗎？現在是千載難逢的機會……」蜜涅瓦微笑：「還是火火你最懂我。可是……奇龍不是做了我們的身教嗎？我不能只顧自己，這瓶甘泉關係天下蒼生。無論如何，我必須先回去。」

火火聽了，陷入一陣沉思。他轉身向太子說：「如果可以的話，能否請你護送蜜涅瓦回去？朋友！」太子欣然點頭。他看着火火，想起第一次見他，當時也有相同的感覺：內心忽然有一種難以言喻的惻隱。這……叫做「朋友」？

蜜涅瓦一愣：「你想去哪裏？」

火火把蓋亞給他們的布袋，交還蜜涅瓦：「你忘記了嗎？奇龍叫我去西方遊歷。」時光不停流轉，天地養育萬物，人們天天奔着自己的目標不

停奮鬥。新生事物天天都出現，大自然無窮無盡奉獻。火火要跑出去看看這一切。

蜜涅瓦怔怔的接過他手上的東西，恍惚之間，把布袋內一塊火紅色的石頭掉在地上。頃間，地動天搖，東方五百里外的丹穴山傳來一聲尖銳的鳥叫。「丹穴山盛產金屬礦物和玉石。丹水從這座山發源，然後向南流入大海。山中有一種鳥，形狀像普通的雞，全身上下是五彩羽毛……」蜜涅瓦憶述兒時所聞

「鳳凰！」太子接上：「這種叫做鳳凰的鳥，吃喝很自然從容，常常是自個兒邊唱邊舞，一出現天下就會太平。可是，牠很會挑主人。」

話未說完，鳳凰就劃破長空，飛到他們跟前。蜜涅瓦拾起地上火紅色的彩石，向牠說了些話。牠想了一會，便蹲身讓蜜涅瓦坐上牠的背。太子看傻了眼，問她：「你怎會懂得鳥語？」蜜涅瓦伸手拉他上去：「還有更

多你未知道的事呢！」

火火看着蜜涅瓦和另一位男子同坐在鳳凰上，心裏的不暢快又再次襲來。可是，他要去尋找奇龍給他的明珠……再捨不得，此刻也要先放開。

鳳凰拍動大翼，海灘上飛沙走石。蜜涅瓦回眸，看向火火：「貓頭鷹留下給你，你要好好代我暫時照顧。我將來一定問你，取回牠。」火火向貓頭鷹招手，牠飛向他肩膊，眼睛靈動地看着他。「謝謝你。若非你在殿內及時飛來救我，恐怕我早已命喪九頭蛇腹中。」貓頭鷹歪歪頭：「這只是開始。以後，我還有很保護你的機會。」火火第一次察覺，牠並非尋常雀鳥，彷彿滿肚密圈……

蜜涅瓦驀地別轉臉，叫鳳凰起飛。太子在她耳畔問：「你哭？」蜜涅瓦抹抹淚水：「我們自小便一起長大，我捨不得……捨不得……貓頭鷹。」她心裏唸唸有詞的，卻是……捨不得他。

如今，只剩下佛諾和火火了。佛諾看着火火笑一笑，說：「是向西行？」火火點點頭，臉上露出一種從未出現的躊躇滿志。早上的太陽，把沙灘上的影子拉得很長。一個人，一隻馬腹，一隻貓頭鷹，向遙遠國度進發。

（第一冊完）

www.cosmosbooks.com.hk

書　　名　覺醒世紀1：蜜涅瓦的貓頭鷹
作　　者　金　鈴
編　　輯　王穎嫻
封面設計　郭志民
美術編輯　楊曉林
出　　版　天地圖書有限公司
香港皇后大道東109-115號
智群商業中心15字樓（總寫字樓）
電話：2528 3671　傳真：2865 2609
香港灣仔莊士敦道30號地庫/ 1樓（門市部）
電話：2865 0708　傳真：2861 1541
印　　刷　亨泰印刷有限公司
柴灣利眾街27號德景工業大廈10字樓
電話：2896 3687　傳真：2558 1902
發　　行　香港聯合書刊物流有限公司
香港新界大埔汀麗路36號中華商務印刷大廈3字樓
電話：2150 2100　傳真：2407 3062
出版日期　2018年7月/ 初版・香港

ISBN 978-988-8258-59-8